I0597765

UN SANCTUAIRE POUR BRENAE

UN SANCTUAIRE POUR BRENAE (FORCES TRÈS SPÉCIALES : L'HÉRITAGE, TOME 2

SUSAN STOKER

DU MÊME AUTEUR

Autres livres de Susan Stoker

Forces Très Spéciales : L'Héritage

Un Sanctuaire pour Caite

Un Sanctuaire pour Brenae

Un Sanctuaire pour Sidney

Un Sanctuaire pour Piper

Un Sanctuaire pour Zoey

Un Sanctuaire pour Avery

Un Sanctuaire pour Kalee

Mercenaires Rebelles

Un Défenseur pour Allye

Un Défenseur pour Chloé

Un Défenseur pour Morgan

Un Défenseur pour Harlow

Un Défenseur pour Everly

Un Défenseur pour Zara

Un Défenseur pour Raven

<u>Ace Sécurité</u>

Au Secours de Grace

Au Secours d'Alexis

Au Secours de Bailey

Au secours de Felicity

Au secours de Sarah

<u>Forces Très Spéciales Series</u>

Un Protecteur Pour Caroline

Un Protecteur Pour Alabama

Un Protecteur Pour Fiona

Un Mari Pour Caroline

Un Protecteur Pour Summer

Un Protecteur Pour Cheyenne

Un Protecteur Pour Jessyka

Un Protecteur Pour Julie

Un Protecteur Pour Melody

Un Protecteur pour l'avenir

Un Protecteur Pour Les Enfants de Alabama

Un Protecteur Pour Kiera

Un Protecteur Pour Dakota

CHAPITRE UN

Trente et un ans plus tôt

Annapolis, Maryland

Brenae Goldner posa ses fesses contre le plan de travail de la cuisine du restaurant où elle travaillait et ferma les yeux. Sa journée était déjà longue et fatigante avant que le groupe de l'Académie navale n'arrive. Mais après quarante-cinq minutes à essayer de fuir leurs mains baladeuses et à subir leur drague lourde et leurs insinuations grossières, elle en avait ras la casquette de cette journée.

Tout ce qu'elle voulait, c'était retourner dans son

tout petit studio et dormir. Mais après son service au restaurant, elle devait encore réviser pour son examen de comptabilité, le lendemain. Elle était en deuxième année à la faculté publique locale et elle devait obtenir son BTS de commerce à la fin de l'année.

Pour être honnête, tout ce qu'elle voulait vraiment faire de sa vie, c'était femme au foyer, épouse et mère, mais disons que cela ne paierait pas les factures. Et comme elle n'avait même pas de petit ami, cet objectif semblait bien loin.

— Ça va, Brenae ? demanda Joe, l'un des cuisiniers de service ce soir.

Elle ouvrit les yeux et prit une profonde inspiration.

— Oui, je dois juste respirer un peu, lui dit-elle en souriant.

L'homme d'un certain âge lui adressa un regard compatissant.

— Tu veux que j'aille là-bas et que je fasse tomber quelques têtes ?

Brenae pouffa.

— Non, ça ira. Mais merci.

Le regard sérieux que Joe lui lançait lui fit penser à ses parents. Ils manquaient tant à Brenae. Alors qu'elle venait de terminer le lycée, ils avaient décidé qu'ils en avaient assez des hivers parfois rigoureux du Maryland et ils étaient partis en Floride. Par ailleurs, elle s'était éloignée de ses copines du lycée et, comme elle menait de front ses études et ses heures au restaurant pour payer ses cours, la nourriture, le loyer et tout ce dont elle avait besoin, elle n'avait plus le temps de sortir et de se faire de *nouveaux* amis.

Sous l'effet du stress, les épaules de Brenae s'affaissèrent. Elle était éreintée. Physiquement et mentalement. Et les étudiants qu'elle devait affronter n'aidaient pas du tout.

En général, la proximité du restaurant avec l'Académie navale américaine ne la dérangeait pas. Au contraire, il y avait toujours du monde et les soirées passaient plus vite, sans compter qu'elle gagnait plus de pourboires, mais cela signifiait aussi qu'elle devait servir des hommes et des femmes qui s'entraînaient pour devenir les futurs chefs de la Marine.

La plupart étaient gentils et agréables à côtoyer, mais il y en avait certains qui n'avaient pas l'intention de faire carrière dans la Marine et qui ne fréquentaient l'académie que parce que maman ou papa le leur demandait, ou en raison d'un héritage familial.

Brenae détestait faire des discriminations ou des

généralisations sur les gens, mais ce soir, c'était plus fort qu'elle. Les six hommes à la table étaient bruyants, grossiers, odieux et visiblement trop gâtés. Elle savait que le plus vicieux d'entre eux s'appelait Enzo. Chaque fois qu'il lui mettait la main sur le bras ou sur les fesses, ses copains l'encourageaient. La dernière fois qu'elle était allée prendre leur commande de dessert, il avait eu l'audace de glisser les doigts sous sa jupe et de toucher l'arrière de sa cuisse. Brenae l'avait fusillé du regard en lui demandant de garder ses mains, mais il s'était contenté de rire. Elle avait le sentiment de n'être qu'un défi pour lui, et elle en savait assez pour comprendre que ce n'était pas une bonne chose.

Avec un soupir, elle sourit à Joe en remarquant qu'il la regardait toujours.

— Vraiment, ça va, Joe. Je dois juste leur apporter leur dessert, puis ils partiront.

— Quand tu auras fini, préviens-moi, je t'accompagnerai jusqu'à ta voiture.

— Merci, lui dit-elle à mi-voix.

Joe était plus âgé que les autres cuisiniers, mais il avait toujours fait son possible pour qu'elle se sente en sécurité, notamment en l'accompagnant sur les quelques mètres qui séparaient la porte de derrière et sa voiture. Elle avait toujours protesté, assurant que ce n'était pas si loin et qu'elle allait bien, mais il insistait. Brenae savait qu'il était marié et qu'il avait deux enfants, et elle admirait son éthique professionnelle. En plus, il ne disait jamais rien de désobligeant sur sa femme, même pour plaisanter. Il lui était dévoué à cent pour cent, et Brenae souhaitait plus que tout au monde vivre ce qu'il vivait.

Elle n'avait que vingt ans, mais plus le temps passait, plus elle avait l'impression que l'occasion de rencontrer quelqu'un qui lui serait aussi dévoué que Joe l'était envers sa femme lui échappait. Beaucoup de gens rencontraient leur moitié au lycée ou à la fac. Et depuis la fin de l'adolescence, elle était bien trop occupée par ses études et ses petits boulots pour prendre le temps d'aller à des fêtes ou de sortir pour rencontrer des hommes.

— La commande est prête, lança Robert, l'un des autres cuisiniers, en apportant l'assortiment de desserts qu'il avait préparés pour sa table.

— Merci, répondit-elle avec un signe de tête.

La pause était terminée. Elle s'approcha et disposa les différentes assiettes sur son plateau. Enfin, avec une profonde inspiration, Brenae le souleva et s'avança dans la salle de restaurant, priant pour réussir à servir les plats et déguerpir sans autre incident.

* * *

Dag Creasy était attablé en fond de salle. Il regarda la jolie serveuse sortir des cuisines et se diriger vers la table des abrutis qu'elle servait depuis une heure environ. Il était censé réviser, mais il avait décidé qu'un changement d'air lui ferait du bien. En troisième année à l'Académie navale, il avait hâte d'obtenir son diplôme et de commencer à réaliser son rêve de toujours : devenir officier.

Mais il ne pouvait pas se concentrer à cause du comportement abject de ces abrutis, qui ne cessaient de manquer de respect à leur serveuse. S'il y avait une chose que Dag ne pouvait pas supporter, c'était la grossièreté. Surtout lorsqu'il s'agissait de harcèlement sexuel. Il avait gardé un œil sur la serveuse, et la dernière fois qu'elle avait rejoint leur table, un étudiant d'une classe inférieure à la sienne, prénommée Enzo, avait eu le culot de glisser sa main sous sa jupe.

Dag était sur le point de se lever pour réagir quand la serveuse s'était rapidement éloignée avec un regard noir avant de filer en cuisine.

Enzo était un tyran. Il n'y avait pas d'autre façon de le décrire. Il se fichait éperdument de la Marine ou de l'académie. D'après la rumeur, il n'y était que parce que ses parents l'avaient forcé à y aller. Il était intelligent, car c'était un critère d'admission, mais c'était surtout un parfait connard.

Ses études oubliées, Dag regarda la serveuse s'approcher prudemment de la table avec un plateau chargé de desserts. Il était content de voir qu'elle gardait ses distances avec Enzo tout en distribuant les plats. Malheureusement, elle devait s'approcher de lui pour servir son dessert, et comme la dernière fois, il ne se priva pas pour passer la main sous sa jupe.

Cette fois, cependant, la serveuse ne pouvait pas reculer. Il avait refermé la main sur sa cuisse, la retenant prisonnière.

Dag n'y tint plus. Il avait bondi de son siège et s'était rué dans la salle avant de pouvoir se raviser. Si la serveuse avait semblé apprécier la main d'Enzo ou sa drague, il se serait occupé de ses affaires. Mais devant son air effrayé et la grimace qu'elle fit lorsque ses doigts s'enfoncèrent dans sa chair, il ne pouvait pas rester assis sans rien faire.

Il s'approcha de l'étudiant et, sans un mot, tendit la main pour lui agripper le bras, exerçant un point de pression qui força Enzo à lâcher la jambe de la serveuse.

— Eh, c'est quoi ce bordel ? s'exclama Enzo.

— Est-ce qu'elle t'a *demandé* de la toucher ? fit Dag.

À sa grande surprise, au lieu de s'enfuir par derrière, la serveuse se rapprocha de lui. Ils ne se touchaient pas, mais il sentait presque la chaleur de son corps contre ses côtes et dans son dos.

— Pas avec les mots, mais avec les yeux, répondit Enzo en essayant de retirer son bras de la poigne de Dag, sans succès.

— Certainement pas, riposta la serveuse. Au contraire, je vous ai demandé plusieurs fois de garder vos sales pattes !

Dag appréciait son cran, mais il n'aimait pas les trémolos qu'il entendait dans sa voix, comme si elle faisait semblant d'être une dure sans y parvenir.

— Alors, elle t'a dit d'aller te faire foutre et tu as quand même posé tes mains sur elle ? reprit-il d'un ton grave et menaçant.

— Je croyais qu'elle jouait les difficiles, marmonna Enzo.

Dag savait qu'il mentait. Même de l'autre côté de la salle, il avait perçu les vibrations de type « dégage, pas touche » qui émanaient de la serveuse.

— Au fait, vous avez le droit de manger ces bêtises ? demanda-t-il, reportant sa colère sur l'ensemble de la tablée.

Il y avait des règles strictes pour les étudiants de l'académie, et comme les hommes à cette table n'étaient que dans leur deuxième année, ils étaient censés obéir à des règles plus strictes encore que ceux de la promotion supérieure. Notamment en matière alimentaire. Et les desserts décadents servis à cette table ne figuraient pas au menu autorisé.

Dag avait une bonne réputation à l'académie, et il savait, comme les connards en face de lui, qu'il était en passe de devenir commandant de brigade l'année suivante. Il serait choisi pour ses performances exceptionnelles en matière de leadership et serait responsable des activités quotidiennes de la brigade et de la formation des autres recrues. En un mot, ce serait le président de sa classe. Dag rêvait d'assumer cette responsabilité. En attendant, il était hors de question qu'il laisse ces morveux harceler et intimider la serveuse.

— Si j'étais vous, dit-il sévèrement, je ramènerais mes fesses à Bancroft Hall et je me dénoncerais. J'expliquerais en détail comment j'ai enfreint le code d'honneur et je me porterais volontaire pour une formation supplémentaire sur le harcèlement sexuel.

Enzo le dévisageait tandis que les autres ouvraient de grands yeux ébahis. Ils savaient qu'il ne fallait pas le défier, conscients qu'il pouvait leur rendre la vie très difficile à l'académie.

Dag lâcha enfin le bras d'Enzo et prit un peu de recul, s'assurant de rester entre la serveuse et la table.

— Et n'oubliez pas de laisser à votre serveuse un pourboire de vingt pour cent, ajouta-t-il alors que les hommes rassemblaient leurs affaires.

Il n'y avait pas beaucoup de temps libres à l'académie, mais les heures de révision entre vingt heures et vingt-trois heures chaque soir étaient l'occasion pour les étudiants de faire une pause dans la monotonie quotidienne en s'évadant un moment. Dag recommanderait que l'on impose un couvre-feu à ces six hommes avec interdiction de quitter le campus pendant un certain temps.

Sans un mot de plus, ils se faufilèrent hors du petit restaurant et sortirent dans la nuit pour retourner à leur résidence.

Dag se tourna alors vers la serveuse.

— Tout va bien ?

Elle lui fit un signe de tête.

— Je m'excuse au nom de ces minables. Nous ne sommes pas tous faits du même bois.

Elle le dévisagea avec un regard qu'il ne parvint pas à interpréter.

— Ils semblaient presque avoir peur de vous, dit-elle au bout d'un moment.

Dag haussa les épaules.

— J'ai l'intention de faire carrière dans la Marine. Je prends très au sérieux tout ce qui concerne mon avenir. Je me suis fait un nom à l'académie, et une réputation de franchise et d'autorité.

Elle hocha la tête et tendit la main.

— Je m'appelle Brenae. Brenae Goldner.

— Dag Creasy, répondit-il en la lui serrant.

Dès l'instant où leurs mains se touchèrent, Dag sentit une décharge électrique courir le long de son bras et jusque dans sa poitrine. Ils restèrent là, en silence, pendant plusieurs secondes, la main dans la main et les yeux dans les yeux.

— C'est un plaisir de faire ta connaissance, dit alors Brenae.

— Tout le plaisir est pour moi.

Quand il la relâcha enfin, il se sentit presque démuni de la laisser partir. Ce sentiment était étrange. Toute sa vie, il avait voulu devenir un officier de Marine. Il avait fini par jeter son dévolu sur le groupe des Navy SEAL. L'été suivant, il effectuerait son service d'été au sein du Special Warfare et il avait hâte de voir de ses propres yeux comment les SEAL fonctionnaient.

Mais tout d'un coup, et pour la première fois, il craignait de passer trop de temps loin d'Annapolis.

— Je termine mon service dans vingt minutes, dit timidement Brenae. Est-ce que tu voudrais prendre un café avec moi ?

— Avec joie.

Il se réjouissait qu'elle n'ait pas eu peur de lui faire cette proposition.

Certes, ce n'était pas un rencard en bonne et due forme, mais il pouvait toujours faire semblant.

Avec un dernier salut, elle s'éloigna, ne le quittant des yeux qu'au dernier moment, lorsqu'elle dut se retourner pour franchir la porte menant à la cuisine.

* * *

Brenae n'avait aucune idée de ce qu'elle faisait. Cela ne lui ressemblait pas. Elle n'était pas aussi audacieuse en temps normal. Mais quelque chose chez Dag la faisait réagir de manière spontanée.

Tout chez l'homme qui avait volé à son secours l'interpellait. Ses cheveux étaient coupés court, comme ceux de tous les hommes qui fréquentaient l'académie. Il avait les yeux marron et elle aimait sa stature. Elle voyait qu'il était musclé et fort, car il avait facilement maîtrisé Enzo. Et elle était charmée qu'il soit certain de ce qu'il voulait faire de sa vie.

Ce serait une erreur de s'engager avec un officier de la Marine, car elle savait qu'il n'aurait pas beaucoup de temps pour faire autre chose que les activités prévues par l'académie, mais elle s'en fichait.

Elle s'empressa d'effectuer ses dernières tâches avant de quitter le service. En retournant dans la salle du restaurant, elle regretta de ne pas porter autre chose que son uniforme qui empestait la friture.

Dag se leva à son approche et elle sourit. À l'évidence, il connaissait les bonnes manières, ce qui lui faisait un bien fou. Beaucoup d'hommes ne cherchaient qu'à prendre du bon temps, sans se soucier de petits gestes délicats comme ouvrir les portes, dire s'il vous plaît et merci, ou tout simplement se montrer respectueux.

— Salut, dit-elle en s'approchant.

— Salut.

Il désigna le siège en face de lui.

Brenae s'y glissa, soudain mal à l'aise. Mais que faisait-elle ? Elle ne connaissait pas ce type. Ce n'était pas parce qu'il l'avait défendue et qu'il était charmant qu'il s'intéressait à elle. Peut-être même se payait-il sa tête. Elle ne lui avait pas vraiment laissé d'autre choix que d'accepter sa stupide proposition, avec son rôle de la demoiselle en détresse et tout le tralala. Bon sang, elle avait même oublié de leur apporter du café.

— Arrête de t'inquiéter, dit-il doucement en reprenant place en face d'elle.

Elle se mordit la lèvre et demanda :

— Comment as-tu deviné que je stressais ?

— Ça se voit. Tu sais, je n'aurais pas accepté de prendre un café si je n'en avais pas envie.

Avec un soupir mental de soulagement, Brenae hocha la tête.

— Je suis une serveuse pitoyable, figure-toi, parce que j'ai oublié de nous apporter à boire.

Dag haussa les épaules.

— Ça ne fait rien. En fait, je voulais juste prendre un peu de temps pour apprendre à te connaître.

— Pourquoi ?

La question avait fusé sans qu'elle puisse se retenir. Brenae savait qu'elle rougissait, mais c'était plus fort qu'elle.

— J'aime que tu dises tout ce que tu penses, répondit Dag en riant.

— Ça me cause souvent des ennuis.

— Mais c'est réel. Et j'admire ça. Pour répondre à ta question, tu as attiré mon attention à la seconde où je suis entré ce soir. Et sans vouloir te faire peur, j'ai bien vu comment tu as réagi avec Enzo et sa clique toute la soirée. Jusqu'à ce qu'il décide de mettre la main sur toi, j'ai été impressionné de voir à quel point tu restais cordiale tout en gardant une distance professionnelle.

— Merci.

— Ça arrive souvent ?

— Quoi ?

— Que des connards trouvent normal de te toucher sans ta permission ?

Brenae répondit avec un geste évasif :

— Ça fait partie du boulot.

— Non, déclara Dag avec fermeté. Certainement pas. Personne ne peut te toucher si tu ne le veux pas.

Elle cligna des yeux devant la véhémence de sa voix.

— Ce n'est pas grave, Dag. La plupart du temps, ils me touchent juste la main, ou peut-être la jambe… *par-dessus* ma jupe.

Dag se pencha en avant. Elle ne pouvait pas détourner les yeux de l'intensité de son regard.

— Non. Ce n'est pas bien. Ce n'est *jamais bien*. Et tu ne devrais pas laisser quelqu'un te parler ou te toucher d'une manière inappropriée. C'est un manque de respect total, on appelle ça du harcèlement.

Il suffit d'une seconde à Brenae pour réaliser qu'il avait raison, bien sûr. En quelque sorte, elle avait considéré le harcèlement comme une conséquence de son travail, un aspect du métier de serveuse, mais honnêtement, si quelqu'un avait mis la main sur elle avant qu'elle ne commence à travailler au restaurant comme Enzo l'avait fait, elle se serait fâchée. Ce n'était pas parce qu'elle occupait un poste dans le domaine des services qu'elle devait endurer ce genre de comportement.

— Tu as raison.

Dag prit une profonde inspiration et se redressa. Ils se regardèrent longuement avant qu'elle ne demande :

— Alors, comme ça, tu veux devenir officier de la Marine ?

Dag sourit et elle en eut le souffle coupé. Il était beau avec son air maussade et sérieux, mais quand il souriait, il était magnifique.

— Oui. Un jour, à l'école primaire, un Navy SEAL est venu dans notre classe et nous a parlé de ce qu'il faisait. Depuis ce jour, c'est mon projet de vie.

— Un SEAL, hein ? fit Brenae.

Il hocha la tête.

— C'est mon rêve ultime. Je sais que ce ne sera pas facile. Ce sera même particulièrement dur, mais je peux y arriver.

Elle appréciait son assurance.

— Moi, je devrais décrocher mon BTS de commerce au printemps, répondit-elle avec un petit rire désabusé, mais je n'ai aucune idée de ce que je veux faire de ma vie.

— J'ai le sentiment que tu seras douée dans tout ce que tu entreprendras, déclara Dag.

Brenae leva les yeux au ciel.

— Tu ne me connais même pas.

— J'essaie de rectifier cette lacune en ce moment même, lui dit-il sans détour.

Pendant l'heure qui suivit, ils discutèrent de tout et de rien, depuis leurs parents jusqu'au cadre de voyage idéal. Brenae lui avoua qu'elle n'avait jamais vraiment vu autre chose que la région de Baltimore et il lui en raconta un peu plus sur la formation des SEAL.

Enfin, elle consulta sa montre avec une grimace.

— Quoi ? demanda-t-il.

— Je déteste faire ça, et ce n'est pas une façon de m'échapper, mais j'ai vraiment besoin de rentrer chez moi pour réviser. J'ai un exam de compta demain et je ne peux pas me permettre d'échouer.

Dag acquiesça immédiatement et il commença à rassembler ses affaires.

— Oh, mais je ne voulais pas dire que tu devais partir, lui dit-elle.

Il s'arrêta pour la regarder dans les yeux une fois de plus. Elle adorait sa façon de faire. Il n'hésitait pas à établir ce lien intime avec elle.

— Il est temps que je rentre, moi aussi. Je dois faire un rapport sur Enzo, et de toute façon, le couvre-feu approche. Mais j'aimerais beaucoup te revoir, Brenae.

Des papillons s'envolèrent dans son estomac. Elle espérait qu'il l'inviterait à sortir, pour un vrai rendez-vous cette fois, mais elle ne voulait pas se faire trop d'illusions.

— Moi aussi, j'aimerais bien.

Il sourit.

— Mais d'abord, je vais te raccompagner à ta voiture. Tu as besoin de prendre quelque chose avant de partir ?

— Non, j'ai mon sac à main. C'est bon.

Dag se leva. Quand elle trébucha en quittant la banquette, il la rattrapa avec une main sur son coude.

— Merci. On peut sortir par la porte de service. Ma voiture est dans le parking, derrière le restaurant.

Alors qu'ils traversaient la salle, elle était intensément consciente de la main de Dag dans son dos. Il ne la poussait pas, ne la touchait pas vraiment. Tout au plus, le bout de ses doigts frôlait le bas de son dos pendant qu'ils marchaient, mais elle était consciente de chaque effleurement de sa main sur son corps. Elle en avait la chair de poule... et aussi fou que cela puisse être, Brenae se doutait qu'elle tombait déjà amoureuse de l'homme à ses côtés.

Ils sortirent dans la nuit noire et elle frissonna.

— Tu as froid ? demanda-t-il avec prévenance.

— Ça ira quand j'aurai chauffé ma voiture.

Un peu plus loin, elle s'arrêta et se tourna timidement vers lui.

Le regard de Dag la balaya de la tête aux pieds, sans s'attarder sur sa poitrine, ce qui était surprenant. Il cherchait à s'assurer qu'elle allait bien plutôt qu'à la reluquer.

— Tu as beaucoup de route ?

Brenae secoua la tête.

— Non, pas trop. Une dizaine de minutes.

Il hocha la tête. Puis il dit quelque chose qui la surprit.

— Je vais faire carrière dans la Marine. Tu sais que j'essaie d'intégrer les SEAL. Cela signifie beaucoup de déploiements. Je m'absenterai parfois pendant deux semaines d'affilée, ou bien douze *mois*. Et ce n'est pas quelque chose que je pourrai prévoir.

Elle fronça les sourcils, perplexe.

— Euh... d'accord.

Lorsqu'il lui tendit la main, elle y mit automatiquement la sienne. Ses doigts s'y refermèrent et il porta sa main à sa bouche pour y déposer un baiser.

— Je te dis ça parce que tu me plais, Brenae. Tu m'intrigues et tu me fais ressentir des choses que je n'ai jamais ressenties pour personne auparavant. Si j'éprouve ça après t'avoir parlé pendant une heure seulement, je soupçonne ces sentiments de s'intensifier à mesure que je te connaîtrai. Si les choses entre nous se passent comme je l'espère... eh bien, ce que je fais de ma vie t'affectera aussi. Alors, je t'annonce dès maintenant ce qui va se passer dans ma carrière pour que tu puisses le supporter.

Brenae cligna des paupières, le cœur battant.

Oh, waouh ! Elle ne savait pas si elle devait être effrayée par le fait qu'il veuille une relation à long terme avec elle, alors qu'il ne la connaissait que depuis une heure, ou excitée et sur un petit nuage.

Cette seconde option l'emporta.

— Je peux le supporter, lui dit-elle.

— Ne me réponds pas si vite. Tu seras souvent seule. Et si on se marie et qu'on a des enfants un jour, tu devras assumer une grande partie de la responsabilité, simplement parce que je ne serai pas là pour faire ma part. Ne te méprends pas, quand je serai à la maison, je m'investirai à cent pour cent, mais il y aura des moments où ma future femme devra faire face toute seule aux désagréments du quotidien, comme des toilettes qui débordent, aller aux urgences parce qu'un enfant s'est cassé quelque chose et mille autres petit tracas, parce que je ne serai pas toujours là.

Brenae ne savait pas s'il essayait de la mettre en garde, mais à l'idée d'avoir des enfants avec cet homme, elle ne pensait qu'à la manière dont ils s'y prendraient pour concevoir ces bébés hypothétiques. Elle était certaine que ce serait formidable.

— Je passe un diplôme de commerce parce que j'aime apprendre et que c'est la seule matière que je trouve adaptée à presque tout ce que je pourrais décider de faire. Mais pour être franche, je n'aimerais rien de plus que d'être une mère à plein temps. Je sais que ce n'est pas un choix populaire dans le monde actuel, avec la libération des femmes, tout ça, mais... C'est vraiment mon envie profonde. Et je n'ai aucun problème à ce que tu sois déployé. Je veux que l'homme avec qui je suis puisse faire ce qui le passionne. En plus, comment pourrais-je t'en vouloir d'avoir envie de servir ton pays ?

Son visage s'éclaira, et pour la première fois, elle entrevit la passion dans ses yeux. Elle s'humecta les lèvres, incapable de détourner le regard. Ses doigts se resserrèrent autour de sa main.

— J'aimerais t'embrasser, dit-il tout doucement.

Il ne se pencha pas en avant, ne lui mit aucune pression.

Une fois de plus, il lui montrait qu'il était un vrai gentleman et elle se sentit d'autant plus sous son charme.

— J'aimerais bien, lui répondit-elle à voix basse.

Enfin, Dag s'approcha lentement. Sa main libre se posa sur sa nuque, la caressant délicatement avec son pouce alors qu'il ramenait leurs mains jointes dans son dos. Brenae s'agrippa à son biceps, retenant son souffle, et il se pencha vers elle sans se hâter.

Juste avant que ses lèvres ne touchent les siennes, Dag lui dit :

— J'ai le sentiment que je vais me souvenir de ce baiser pour le reste de ma vie.

Son souffle chaud l'effleura, et enfin, il l'embrassa.

Brenae ferma les yeux, accrochée à son bras, tandis que Dag prenait le contrôle du baiser. Il lui mordilla la lèvre, la taquinant avec ses dents et sa langue avant qu'elle ne gémisse du fond de sa gorge. Prenant cela comme une marque de consentement, ou plus vraisemblablement d'impatience, il sourit contre sa bouche avant de se laisser aller à faire ce qu'ils désiraient tous les deux... ce dont ils avaient besoin.

Ce baiser n'avait rien de commun avec ce que Brenae avait connu auparavant. Dag submergeait tous ses sens. Fermant les paupières, elle sentit une odeur de savon, sans doute celle de sa dernière douche. Il resserra sensuellement les doigts sur sa nuque. Il ne la pressa pas contre sa voiture, ne lui écarta pas les jambes, n'essaya nullement de lui montrer combien elle l'excitait. Sa langue se contentait de danser avec la sienne et elle avait l'impression de vivre son tout premier baiser.

Au fond d'elle-même, elle savait que Dag serait la seule et unique personne qu'elle embrasserait de cette façon.

Quand il s'écarta enfin, il recula juste assez pour la regarder dans les yeux.

Instinctivement, Brenae sut que sa vie venait de changer. Irrévocablement et pour le meilleur. La vie d'épouse de militaire ne serait pas facile, surtout avec un homme qui prenait les choses en mains comme Dag. Mais soudain, elle ne pouvait plus imaginer une autre existence. Avec lui à ses côtés, elle pourrait tout accomplir. Aller n'importe où. Être qui elle voulait.

— Putain, souffla-t-il, émerveillé.

Brenae sourit. Un sourire immense. C'était une grossièreté, mais elle n'aurait pas dit mieux.

Il sembla se ressaisir et prit une profonde inspiration. Elle le regarda passer la langue sur ses lèvres avec sensualité.

Sans réfléchir, elle se dressa alors sur la pointe des pieds et l'embrassa tout doucement. C'était un baiser bouche fermée, cette fois, encore plus romantique et tendre.

— Je ne m'en plains pas, mais que me vaut ce baiser ? demanda-t-il.

— Je voulais juste... te goûter une dernière fois.

Elle se sentit stupide à la seconde où les mots eurent quitté ses lèvres, mais son sourire ôta aussitôt toute gêne qu'elle aurait pu ressentir après son acte impulsif.

— Donne-moi ton numéro, demanda-t-il.

— Tu as de quoi noter ?

— Je m'en souviendrai, répondit-il sans la quitter.

Elle le lui dicta et il le répéta.

— Je t'appellerai demain soir. Tu travailles ? À quelle heure tu finis ?

— Même heure.

— D'accord. Je ne peux pas venir au restaurant demain, mais je t'appellerai pour m'assurer que tu es bien rentrée.

— Ça me plairait beaucoup.

— Tu n'as pas à t'inquiéter de revoir Enzo et ses copains au restaurant. Je vais m'assurer qu'il comprenne que c'est une zone interdite à partir de maintenant.

— Je peux me débrouiller, protesta Brenae.

— Je le sais bien. Mais ce ne sera plus nécessaire. Je ne devrais probablement pas le dire tout de suite, parce que ça pourrait jouer contre moi, mais sache que je suis surprotecteur. Je l'ai toujours été et je le serai toujours. Si tu es avec moi, je ferai de mon mieux pour m'assurer que tu sois toujours en sécurité. Même quand je ne suis pas là, je ferai mon possible pour te faciliter la vie. Tu comprends ?

Brenae frissonna et hocha la tête.

Interprétant à tort son frisson, Dag lui dit :

— Quel idiot de te laisser ici, debout dans le froid, avec cette robe. Bon, sois prudente sur la route. On se parle demain.

Brenae acquiesça. Elle se sentit un peu déçue lorsqu'il lui lâcha la main et l'aida à monter dans sa voiture. Elle baissa la vitre pour lancer :

— Dag ?

— Oui, Brea ?

Ce surnom lui plut et elle dit :

— Pour info, je suis très fière de toi. Tout le monde n'est pas fait pour servir son pays, et même si je ne te connais que depuis peu de temps, je sais que tu feras un excellent officier et un SEAL de talent. Notre pays a de la chance de t'avoir dans ses rangs.

— Merci. Ça compte beaucoup pour moi. À plus tard, Brea.

— À plus tard, Dag.

Brenae retourna dans son petit studio, le sourire aux lèvres pendant tout le trajet. C'était incroyable de voir combien elle était déprimée et seule pour, la minute d'après, se sentir comme si elle avait une toute nouvelle vie devant elle. En fin de compte, elle ignorait si les choses avec Dag allaient vraiment aboutir, mais elle avait un bon pressentiment. À propos d'eux deux.

Cette nuit-là, elle fit un rêve. Ils avaient tous deux

les cheveux gris et ils étaient assis sur une balancelle, sur la terrasse d'une grande maison au bord de la plage. Dag et elle regardaient le coucher du soleil, main dans la main, assis l'un à côté de l'autre, profitant du cadre romantique.

Dag se tourna vers elle et lui dit :

— Je suis l'homme le plus chanceux du monde. Qui aurait cru, il y a tant d'années, que nous serions ici aujourd'hui ?

Et la Brenae du rêve se tourna à son tour vers son mari, l'homme qu'elle avait aimé toute sa vie, en répondant :

— Moi.

CHAPITRE DEUX

Aujourd'hui

Riverton, Californie

Brenae Creasy était assise sur le muret de pierre au bord de la plage. Elle essayait d'être patiente. Lorsqu'elle et son mari, le contre-amiral Dag Creasy, étaient arrivés au pique-nique trimestriel familial des SEAL, ils avaient l'intention de rester juste assez longtemps pour saluer les hommes sous son commandement avant de rentrer chez eux.

Pour l'instant, ils vivaient dans un appartement,

car la maison qu'ils faisaient construire n'était pas encore prête. Leur autre maison s'était vendue avec une rapidité surprenante et ils avaient posé leurs valises dans un appartement pour quelques mois, en attendant de pouvoir emménager dans la maison de leurs rêves avec vue sur l'océan Pacifique.

Mais peu de temps après leur arrivée à la plage, leur journée de farniente avait pris un autre tournant. Le traître que son mari recherchait était passé à l'action en tentant de tuer une jeune femme sur la plage.

Brenae avait tout observé avec incrédulité et crainte, tant pour son mari que pour la femme qui avait failli mourir. Sans sourciller, Dag s'était jeté dans la mêlée avec les Navy SEAL bien plus jeunes que lui. Quand les coups de feu avaient retenti sur la plage, bouleversant l'après-midi paisible et détendu, elle n'avait pas cédé à la panique. Elle faisait confiance à Dag, et surtout, elle faisait confiance aux SEAL avec lesquels il travaillait.

Plus de deux heures s'étaient écoulées depuis l'incident, mais Brenae avait refusé de partir. Dag était venu lui parler brièvement, lui annonçant qu'il en avait pour un moment et qu'elle ferait mieux de rentrer, mais elle était restée. Elle avait fait son possible pour rassurer les autres femmes et leurs enfants avant leur départ, et même lorsque l'air s'était refroidi et qu'elle avait commencé à frissonner, elle était restée obstinément.

Dag était stressé. Elle était mariée à cet homme depuis près de trente ans et elle était bien placée pour le connaître. Pour tous les autres, c'était un homme vers qui se tourner pour obtenir de bons conseils. Tous l'admiraient et le respectaient... ça frôlait la vénération. Mais pour elle, il n'était que Dag, tout simplement. Ils avaient tous les deux traversé tant de péripéties. Elle le connaissait sur le bout des doigts. Et en ce moment, il souffrait. Elle n'allait pas partir sans lui. Hors de question.

Brenae avait toujours été fière de lui, mais en cet instant, en voyant avec quelle facilité il s'occupait de tout le monde autour de lui, rassurant ceux qui en avaient besoin, utilisant son autorité hiérarchique pour aplanir les difficultés avec les forces de l'ordre et faisant preuve de compassion envers la jeune femme qui avait failli perdre la vie ce soir-là... elle était encore plus fière.

Chaque fois qu'elle regardait son mari, elle voyait l'aspirant officier de la Marine qu'elle avait rencontré lorsqu'il était à l'Académie navale et qu'elle était une étudiante à la dérive, travaillant dans un restaurant délabré pour gagner sa vie. Or dans des moments comme celui-ci, lorsqu'il était autoritaire et directif, c'était le plus grand des chefs militaires à ses yeux. Les hommes et les femmes l'admiraient et se tournaient vers lui avec soumission dès que les problèmes s'annonçaient.

Quand le soleil commença à disparaître à l'horizon, la plupart des policiers et des inspecteurs de la Marine avaient quitté la plage. Les SEAL directement impliqués dans le sauvetage de la femme avaient été renvoyés chez eux.

Brenae regarda Dag serrer la main des autres membres des forces de l'ordre avant de revenir vers elle. Il portait un jean et un t-shirt noir, pourtant même sans uniforme, il n'avait eu aucun mal à se faire respecter par toutes les personnes qu'il avait rencontrées. Mais Brenae ne pouvait pas quitter son visage des yeux.

Il était épuisé. Triste. Agacé, aussi. Et inquiet pour elle. Elle détestait lui causer des soucis, mais elle n'avait pas pu se résoudre à rentrer. Elle se leva à son approche et, à sa grande surprise, au lieu de mettre la main dans son dos pour la conduire jusqu'à leur voiture, il la prit dans ses bras.

Dag n'était pas un homme très démonstratif. Surtout en public. Il était toujours conscient de son rang et des responsabilités qui lui incombaient. En tant que soldat de carrière, il avait appris depuis longtemps à cacher ses véritables sentiments derrière un masque stoïque. Ainsi, la prendre dans ses bras et la serrer avec force, comme une plume qui risquerait de s'envoler dans la brise, c'était une attention inhabituelle qui lui allait droit au cœur.

Il mesurait un mètre quatre-vingt-deux, et elle une quinzaine de centimètres de moins, si bien qu'elle le sentait toujours enfouir son nez dans ses cheveux quand il l'enlaçait ainsi. Enroulant ses bras autour de l'homme qu'elle aimait de tout son être, Brenae posa une main sur sa nuque, effleurant ses cheveux courts dont la sensation familière était si réconfortante.

— Je suis désolée, dit-elle tout bas. Ça n'a pas dû être facile.

— Non, murmura Dag dans ses cheveux.

— Tu vas bien, au moins ?

Il partit d'un petit rire, se redressa et baissa les yeux sur elle.

— Tu ne te lasses pas de me poser cette question ?

Brenae lança à son mari un regard faussement courroucé.

— Dag, tu es déjà rentré de mission avec une

blessure par balle et tu as essayé de faire comme si de rien n'était.

Il haussa les épaules.

— Je ne t'avais pas vue depuis un mois. L'égratignure sur mon bras pouvait attendre. Te voir, en revanche, ça ne pouvait pas attendre.

Elle se sentit fondre à ces mots, mais elle lui décocha tout de même un regard de travers.

— Une égratignure ? La balle était encore dans ton bras ! Et elle était infectée.

Elle secoua la tête avant d'ajouter :

— J'ai appris ma leçon, ce jour-là. Maintenant, je m'assure toujours que tu vas vraiment bien avant de continuer.

— Je vais bien, chérie, promis, dit-il doucement, ses yeux bruns fixés sur les siens.

— Tant mieux. Tu es autorisé à partir ?

— Oui. La Marine envoie quelqu'un pour informer sa femme de son décès.

— On devrait y aller demain.

Dag déglutit avant de hocher la tête.

— Je ne pensais pas que tu voudrais venir avec moi.

— Je la connais depuis aussi longtemps que tu le connaissais. Ça va être difficile pour elle et leurs enfants.

— Je sais. Je t'aime, Brenae. Je ne sais pas ce que tu as vu en moi quand j'étais un petit morveux, mais je n'ai jamais regretté un seul jour de tout ce temps passé ensemble.

— Moi non plus.

Certes, leur mariage avait connu des hauts et des bas. Trente ans de vie commune avec un homme dévoué à l'armée, ce n'était pas de tout repos, mais en fin de compte, elle n'avait jamais cessé de l'aimer.

— Rentrons chez nous.

— Mon Dieu, j'aimerais que notre maison soit finie, marmonna-t-il. Je n'aimerais rien de plus qu'un long bain dans le jacuzzi que nous aurons sur la terrasse.

Brenae était d'accord avec lui.

— Nous nous contenterons d'une douche, dit-elle. Allez, viens.

Dag passa un bras autour de sa taille et la serra contre lui en retournant à leur voiture. C'était l'une des dernières sur le parking désert, mais il regardait constamment autour de lui, s'assurant que sa femme soit en parfaite sécurité.

En moins de quinze minutes, ils étaient à leur appartement. Il faisait déjà nuit, et une fois de plus, Dag prit soin de garder un œil sur les problèmes éventuels tout en la conduisant vers la porte d'entrée de l'immeuble. L'une des choses que Brenae aimait chez son mari, c'était la façon dont il la touchait constamment lorsqu'ils étaient seuls. En public, il était toujours la parfaite image du professionnel accompli, conscient que les gens le regardaient, le jugeaient. Mais en privé, il compensait largement sa discrétion le reste du temps. S'ils étaient assez proches pour se toucher... il en profitait. Une main au creux de son dos, la paume sur son bras, ses doigts entre les siens.

Il ne leur fallut pas longtemps pour monter au deuxième étage, et avant qu'elle ne s'en rende compte, ils étaient dans leur appartement à deux chambres.

Dès la seconde où la porte se fut refermée derrière eux, Dag prit sa main dans la sienne et l'entraîna vers leur chambre.

Étonnée, Brenae le suivit sans un mot. Elle avait faim, car ils étaient restés des heures sur la plage, mais elle ne s'en plaignit pas. Quoi que Dag ait en tête en ce moment, elle s'y plierait volontiers.

Il se dirigea tout droit vers la salle de bain attenante. Il n'y avait rien de spécial, des surfaces en formica et des murs couleur caca d'oie. Mais comme il s'agissait d'une location, elle n'allait pas consacrer de l'argent ou du temps en décoration. Sans la lâcher, Dag se pencha pour ouvrir l'eau de la douche. Puis il se leva et la regarda dans les yeux. Enfin, il laissa retomber sa main et commença à se déshabiller.

Brenae ne pouvait pas s'empêcher de dévorer son mari des yeux. À cinquante-trois ans, il était toujours aussi beau qu'à vingt et un. Plus encore, en réalité. Il avait perdu son charme juvénile pour gagner en distinction. Ses cheveux bruns devenaient argentés et sa barbe était grise au lieu du brun foncé d'avant. Il avait des rides au coin des yeux, mais son regard était tout aussi intense qu'à l'époque de l'université.

Il retira sa chemise et Brenae passa la langue sur ses lèvres avec envie. Ses biceps se gonflaient à chaque mouvement et elle aimait les veines saillantes de ses avant-bras.

Il ne pouvait plus suivre les SEAL qui s'entraînaient sur la plage tous les matins, cependant il était loin d'être en âge pour la maison de retraite. Son ventre était encore plat et on devinait la forme de ses abdominaux. Il était d'une beauté incroyable... et il était tout à elle.

— Tu vas me rejoindre ? demanda-t-il tout bas en repoussant son jean le long de ses cuisses musclées.

Le renflement dans son caleçon lui donna l'eau à la bouche. Son homme avait peut-être la cinquantaine, mais bon sang, il était tellement sexy que parfois, Brenae avait encore du mal à croire qu'il était avec elle.

Dag avait été son premier et unique partenaire et elle n'avait jamais eu l'impression de rater quoi que ce soit ailleurs. Il avait toujours veillé à ce qu'elle soit satisfaite avant de prendre son propre plaisir. Sans exception. Dag était un amant généreux et très créatif.

Lorsqu'il baissa son caleçon, Brenae ne put s'empêcher de déglutir avec gourmandise avant de sortir de sa torpeur. Enlevant ses propres vêtements en un temps record, elle se retrouva aussi nue que son mari. Les stigmates du temps sur son corps se voyaient un peu plus qu'elle ne l'aurait voulu, mais les yeux de Dag brillaient toujours lorsqu'il la découvrait nue et c'était tout ce qui comptait pour elle.

Il lui tendit la main pour éviter qu'elle ne perde l'équilibre en franchissant le bord de la baignoire bien trop petite à son goût. Dag se joignit à elle et il ouvrit un peu plus le robinet d'eau chaude avant de s'asseoir.

Sachant ce dont il avait besoin, Brenae tourna le

dos au jet d'eau et s'assit sur les cuisses de son mari. À la seconde où elle le chevaucha, il releva les genoux pour la plaquer contre son torse et ils se blottirent ainsi au fond de la baignoire tandis que l'air s'emplissait de vapeur. Brenae referma ses bras autour du cou de Dag et enfouit son nez au creux de son cou. Elle sentit qu'il resserrait son étreinte, un bras autour de sa taille pour la maintenir stable et l'autre sur ses épaules.

Il n'était pas fréquent que Dag ait envie de faire des câlins comme ça, mais dans l'intimité de leur foyer, la vapeur si épaisse autour d'eux qu'il était difficile d'y voir, il baissa sa garde. Avec elle. Rien qu'avec elle.

Brenae sentit son torse se soulever au premier sanglot et elle le serra plus fort. Ses propres yeux s'embuèrent alors qu'elle câlinait son grand costaud de Navy SEAL qui laissait libre cours à son chagrin. Il pleurait parce qu'un homme qu'il considérait comme son ami et qu'il respectait s'était retourné contre le gouvernement et avait tenté d'assassiner quelqu'un. Il avait laissé la cupidité prendre le dessus sur sa vie et s'était changé en un homme que Dag ne reconnaissait plus.

Brenae savait que demain, son mari retrouverait son état normal. Ce serait l'homme que tout le monde admirait et respectait. Devant la veuve de son ami, il se laisserait même accuser de tous les maux si cela pouvait soulager la pauvre femme. Mais ici, dans leur petit coin du monde, Dag avait terriblement besoin de l'étreinte aimante de sa femme.

CHAPITRE TROIS

Le contre-amiral Dag Creasy se réveilla au milieu de la nuit et se tourna pour regarder sa femme. La semaine passée avait été difficile, mais Brenae avait géré la situation comme toujours. Elle avait tenu la veuve de son ami dans ses bras pendant qu'elle pleurait, s'était organisée avec les autres épouses pour s'assurer qu'il y ait toujours de quoi manger dans son réfrigérateur et avait veillé à ce que ses enfants reçoivent une aide psychologique.

Dag savait qu'être mariée avec lui n'était pas la chose la plus facile au monde, surtout depuis qu'il était monté dans la hiérarchie. Lorsqu'il avait rencontré Brenae, c'était une serveuse naïve qui essayait de s'en sortir entre un BTS et un petit boulot. Ni l'un ni l'autre n'auraient pu deviner que trente ans plus tard, elle allait fréquenter les officiers les plus hauts gradés de la Marine américaine. Elle avait même rencontré la première dame des États-Unis lorsque le président était venu en ville pour un meeting politique.

Mais ce qu'il aimait le plus chez sa femme, c'était qu'elle avait toujours gardé la tête sur les épaules. C'était la seule personne avec qui il pouvait vraiment être lui-même. Il pouvait poser ses pieds sur leur table basse, boire de la bière et roter à cœur joie en regardant le match de football du dimanche soir, sans qu'elle ne sourcille.

Elle était son roc.

La seule personne, sans aucun doute, qui serait là pour lui quoi qu'il arrive.

Lorsqu'il s'était blessé à la jambe pendant une mission de terrain, c'était Brenae qui l'avait secoué en le forçant à suivre une rééducation physique. Si elle n'avait pas été là pour le pousser, il serait peut-être encore en fauteuil roulant à l'heure actuelle. Lorsqu'il avait touché le fond, souffrant de stress post-traumatique et déprimé par sa blessure, et qu'il s'était rendu détestable, elle avait vu clair dans ses rebuffades de façade. Un soir, elle était entrée dans leur lit sans s'annoncer et elle s'était contentée de le prendre dans ses bras. Elle lui avait répété à maintes reprises combien elle l'aimait. Même s'il ne retrouvait jamais l'usage de ses jambes, elle ne le quitterait jamais. Il était coincé avec elle, avait-elle dit.

Une semaine plus tôt, il avait vu un homme qu'il aimait et respectait se tirer une balle dans la tête. Une fois de plus, elle avait été là pour le soutenir. Elle avait refusé de quitter la plage, et chaque fois qu'il l'avait regardée et qu'il l'avait vue attendre patiemment, assise sur le muret de pierre comme si elle pouvait rester là toute la nuit s'il le fallait, il s'était senti humble. Cela l'avait aidé à surmonter l'une des pires soirées qu'il ait connues depuis très longtemps.

Ensuite, elle l'avait enlacé dans la baignoire de leur appartement exigu et l'avait serré ainsi pendant qu'il pleurait à chaudes larmes. Elle ne l'avait pas jugé un seul instant. Elle le prenait comme il était et il l'aimait plus que la vie elle-même.

À présent, il était encore tôt, le clair de lune brillait à travers les rideaux trop fins de la chambre principale. Dag se renfrogna, décidant de mettre plus de pression sur l'entrepreneur afin qu'il termine leur maison rapidement. Ils avaient vécu bien assez longtemps dans de petits espaces. Il voulait offrir le meilleur à sa femme et cet appartement n'était pas à la hauteur.

Lentement, il baissa le drap jusqu'à pouvoir contempler le corps de sa femme. Il aurait voulu allumer pour mieux la voir, mais à vrai dire, il n'avait pas besoin de lumière. Il connaissait par cœur chaque centimètre carré du corps de Brenae. À cinquante et un ans, elle était aussi belle à ses yeux qu'à dix-neuf. Ses cheveux châtain clair avaient gardé la même teinte que le jour de leur mariage... grâce au coiffeur qu'elle fréquentait tous les deux mois. Elle avait des vergetures sur le ventre pour avoir porté leurs deux enfants, et il savait qu'elle trouvait ses cuisses et ses fesses trop larges, ses seins trop affaissés.

Mais il adorait son corps de tout son être. Elle était à lui. Elle seule l'avait aidé à venir à bout des missions les plus sombres quand il était membre des SEAL. C'était la raison pour laquelle il faisait tout cela... pour la rendre fière de lui. Elle était sa lumière. Son tout.

L'air était frais dans la pièce, car Brenae détestait avoir chaud en dormant. Il regarda ses tétons tendus, exposés au froid, former deux petites billes. Il avait hâte de la voir dans leur future maison, avec le ventilateur au plafond, au-dessus de leur lit à colonnes actuellement au garde-meubles. Il avait travaillé dur pour donner à Brenae tous les biens matériels qu'elle méritait. Pourtant même si elle appréciait les chaussures, les bijoux et les beaux meubles qu'il avait pu lui offrir au fil du temps, Dag savait qu'au fond, elle s'en fichait.

Le fait d'être ici, dans ce petit appartement, ne la dérangeait pas le moins du monde, tant qu'ils étaient ensemble.

Dag se pencha et prit l'un de ses seins dans sa main, le caressant tendrement avant de poser ses lèvres autour d'un mamelon offert. Il sourit contre sa peau en sentant sa main se poser sur sa nuque pour le maintenir dans cette position.

— Quelle heure est-il ? chuchota-t-elle.

Relevant juste assez la tête pour répondre, Dag lui dit :

— Encore tôt.

— Ça ne t'a pas suffi hier soir ? fit-elle avec un petit gémissement.

— Je ne me lasserai jamais de toi, lui répondit-il avec honnêteté.

Son endurance avait diminué au fil des ans, mais c'était un moindre mal, car à présent, il pouvait passer plus de temps à aimer sa femme. L'époque où il pouvait la prendre deux fois de suite était révolue, ce qui ne signifiait pas qu'elle ne pouvait pas jouir plus d'une fois.

Sachant qu'elle était maintenant réveillée, Dag s'étendit sur sa femme, hissé sur ses coudes. Son membre était encore endormi contre ses poils pubiens soigneusement entretenus. Il ne se souciait pas de l'état de son sexe. Quand il serait temps de la pénétrer, il serait plus que prêt. Le point culminant de sa vie, c'était de sentir Brenae jouir sous sa langue ou ses doigts, de sentir combien elle était chaude et humide lorsqu'il se glissait enfin dans ses profondeurs accueillantes.

Il n'oublierait jamais la première fois où il l'avait prise et ce qu'il avait alors découvert – qu'elle était encore vierge. Elle lui avait confié son corps, ce jour-là, et depuis, elle lui avait tant de fois prouvé qu'elle lui faisait confiance, lui offrant sans retenue tout ce dont il avait besoin ou envie. C'était une leçon d'humilité, et en même temps, une certitude enivrante, parfois même un peu impressionnante aujourd'hui encore.

— Je ne crois pas t'avoir dit merci pour la semaine dernière, lui dit-il en la regardant dans les yeux.

Il savait qu'ils étaient d'un bleu chatoyant, mais dans la lumière tamisée, il ne pouvait rien distinguer d'autre que leur forme.

— Tu n'as pas à me remercier.

— C'est important, reprit-il à mi-voix. Tu me laisses toujours être comme je suis. Que ce soit un contre-amiral, un gaffeur maladroit ou un homme brisé.

— Tu n'étais pas brisé, répondit-elle aussitôt. Tu es l'homme le plus fort que je connaisse. Mais tu ne peux pas toujours être aussi solide. Quand tu arrives au bout du rouleau, c'est là que j'interviens. Je prends tes mains dans les miennes et je t'aide à tenir jusqu'à ce que tu puisses reprendre du service.

Dag ravala la boule qui lui obstruait la gorge. Il ne prendrait jamais la pleine mesure de sa chance. Brenae avait élevé leur fils et leur fille pratiquement toute seule. Il avait effectué tant de missions qu'il en avait perdu le compte. Mais Brenae ne s'était jamais plainte. Pas une seule fois. Elle avait fait son devoir, tout comme lorsqu'il était blessé. Et quand son statut d'épouse de gradé l'avait rattrapée et qu'elle avait été la cible de ragots malveillants de la part d'autres femmes jalouses, elle avait gardé la tête haute, refusant de se laisser abattre. Elle était belle, gracieuse et d'une telle force que cela imposait le respect. Il ne s'était jamais senti gêné ni coupable de pleurer. Pas quand il pouvait le faire dans ses bras. Elle savait comment le rassurer, lui promettre que tout allait bien se passer.

Sachant qu'il ne pouvait pas parler de peur de craquer à nouveau, Dag descendit le long de son corps pour s'installer entre ses jambes. Il sourit lorsqu'elle se redressa, les oreillers derrière son dos. Elle aimait le regarder la dévorer. Une fois, elle lui avait dit que le plaisir évident qu'il prenait à lui procurer du plaisir balayait toute gêne qu'elle aurait pu éprouver.

Dag commença par embrasser doucement l'intérieur de sa cuisse, puis il passa la langue à l'endroit que ses lèvres venaient d'effleurer. Elle se trémoussa et il sourit, toujours heureux de pouvoir si facilement l'exciter. Il la mordilla pendant un moment avant de rejoindre son aine. Elle ouvrit alors les cuisses en grand et il ne put se retenir plus longtemps, reportant toutes ses attentions entre ses jambes.

Écartant ses lèvres inférieures du bout des doigts, il avança la tête. Il entreprit lentement de la lécher et de la caresser. Mais elle ne tarda pas à gémir.

— Dag, arrête de me taquiner.

— Je ne te taquine pas, dit-il en la regardant, tout en usant de ses doigts pour l'attiser avec une infinie légèreté. Ce sont des préliminaires.

— Tu me rends folle et tu le sais. Je t'en prie. Lèche-moi le clitoris.

Avec un sourire, Dag baissa la tête. Il aimait l'impatience de Brenae. Elle était si timide autrefois. Elle ne lui demandait jamais ce qu'elle désirait. Il lui avait appris tout ce qu'il y avait à savoir en matière de sexe et il ne pouvait s'empêcher d'être fier de la femme sensuelle qu'elle était devenue. Elle n'avait pas peur de lui dire qu'elle n'était pas d'humeur, mais elle était aussi plus que ravie de lui sauter dessus quand elle se sentait excitée. Il aimait que leur vie sexuelle soit épanouie, trente ans après leur mariage. De nombreux couples à n'importe quel âge n'avaient pas cette chance.

Il sentit ses mains derrière sa tête. Ses cheveux étaient trop courts pour qu'elle puisse bien les saisir, mais elle faisait de son mieux pour essayer de le pousser là où elle le voulait. En riant, Dag se laissa diriger vers son clitoris. C'était exactement là où il comptait se rendre, de toute façon. Il adorait sentir ce renflement charnu qui sortait de son enveloppe quand elle était particulièrement excitée.

Brenae remua sous sa bouche lorsqu'il introduisit un doigt en elle sans cesser d'attiser son clitoris.

— Mon Dieu, Dag, ça fait tellement de bien, souffla-t-elle d'une voix rauque.

Sa bouche était occupée et il ne pouvait pas répondre, mais cela lui semblait incroyable, à lui aussi.

Soudain impatient d'être en elle plus que tout autre chose au monde, Dag leva la tête et ramena son autre main entre ses cuisses. Lubrifiant son pouce dans sa moiteur, il souffla un air frais sur son sexe, puis il ajouta un doigt en elle sans cesser d'exercer une délicieuse pression sur son clitoris.

— Seigneur ! Dag ! s'exclama Brenae, décollant les hanches tandis qu'il la baisait avec ses doigts.

— Tu es si belle, murmura-t-il en la regardant se contorsionner sous ses mains.

Ils avaient peut-être connu leur lot de problèmes au cours de leur mariage, mais pas une seule fois il n'avait eu envie de coucher avec une autre femme. Seule Brenae pouvait l'exciter. Elle seule pouvait le combler.

Elle rejeta la tête en arrière et lui lâcha la tête pour agripper les draps. Serrant les poings, elle poussa un gémissement long et grave tandis que tous les muscles de son corps se contractaient.

Dag gémit avec elle. Il devinait déjà la sensation

de ses muscles internes contractés autour de son sexe lorsqu'elle l'accueillerait en elle.

Sans perdre de temps, il se mit à genoux et empoigna Brenae pour la retourner sur le ventre. Il souleva ses hanches et s'enfonça dans son fourreau encore comprimé par les spasmes du plaisir.

Brenae haleta en se redressant sur ses mains et elle vint à sa rencontre tandis qu'il l'attirait à lui. La maintenant immobile dans la position qu'il désirait, Dag se pencha sur elle, les yeux rivés sur sa verge enduite de son excitation, qui luisait dans la faible lumière.

Une main sur son dos, il la poussa à plat ventre sur le matelas. Sans résistance, elle se laissa faire et tourna la tête, sa joue sur le drap. Elle glissa les bras sous son corps, comme il savait qu'elle le ferait, et l'instant d'après, il sentit ses doigts frôler son sexe alors qu'il se retirait légèrement. Elle lui caressa les bourses tout en titillant paresseusement son clitoris avec son autre main.

C'était l'une de leurs positions préférées. Elle pouvait se toucher tout en le caressant et il pouvait lui pétrir les seins en même temps. Il se pencha sur elle, se retenant à une main tandis que, de l'autre, il lui pinçait un téton. Ils gémirent tous les deux et sa main se resserra autour de ses bourses. Si la vie lui laissait le choix, il baiserait encore sa femme de cette façon quand ils auraient tous les deux quatre-vingts ans. Il ne se lasserait jamais de son corps. Jamais.

Sachant qu'il n'allait pas tenir longtemps, car il sentait déjà le léger picotement annonciateur dans son bas-ventre, Dag demanda :

— Tu es prête ?

— Baise-moi, Dag, supplia Brenae en guise de réponse.

Il était contrarié de ne pas pouvoir la prendre aussi longtemps qu'autrefois, mais elle lui jurait qu'elle était flattée, au contraire, qu'il ne puisse pas tenir plus de quelques minutes une fois qu'il était en elle.

Toujours à genoux, les hanches de sa femme dans ses mains, il commença à exercer de puissants coups de reins. Elle gémissait chaque fois qu'il s'empalait en elle et il sentit qu'elle passait frénétiquement les doigts sur son clitoris tandis qu'il allait et venait.

Au bout de quinze secondes, il savait qu'il allait jouir. Sachant exactement comment la faire exploser de plaisir, il passa son majeur dans les fluides abondants de leurs ébats et le présenta délicatement entre ses fesses. Il ne la pénétra pas, se contentant de décrire des cercles sur les nerfs sensibles de son orifice étroit.

Elle poussa un cri d'extase, et une fois de plus, tous les muscles de son corps se crispèrent. Il sentit qu'elle lui comprimait le sexe. C'était une sensation exquise. Dans un grognement, Dag donna un ultime coup de reins et il se laissa aller à l'orgasme. Son sperme gicla, inondant ses parois intimes. Il avait beau savoir qu'il ne pouvait pas la mettre enceinte, car il avait subi une vasectomie des années plus tôt, Dag ne pouvait s'empêcher d'imaginer ses petits nageurs essayant frénétiquement de trouver un ovule à féconder.

Ses muscles se contractèrent autour de sa queue, prolongeant son plaisir. Une fois de plus, Dag remercia sa bonne étoile pour sa belle épouse affectueuse.

Il resta enfoui en elle aussi profondément que possible pendant un long moment, appréciant la sensation de leurs fluides combinés, presque brûlants sur sa verge sensible. Conscient qu'elle ne devait pas être à son aise avec les fesses en l'air et son poids sur l'épaule, Dag finit par se retirer. Ils gémirent tous les deux à l'idée de se séparer. Immédiatement, il roula sur le côté et attira Brenae dans ses bras.

Beaucoup d'hommes n'aimaient pas les câlins, mais ce n'était pas le cas de Dag. Au contraire, il adorait tenir Brenae dans ses bras. Presque autant qu'il aimait faire l'amour avec elle. Elle était l'autre moitié de son âme, et rien ne lui faisait plus plaisir que de l'étreindre. Il aimait la façon dont elle se blottissait contre lui, ses soupirs de satisfaction. Il aimait sentir l'une de ses jambes s'enrouler autour de son mollet. Et il aimait tout particulièrement utiliser ses seins comme oreillers. Elle l'enlaça ainsi et les battements de son cœur le bercèrent.

Après plusieurs minutes de tendresse, elle demanda d'une voix somnolente :

— Que comptes-tu faire aujourd'hui ?

— Kiné. Ensuite, j'ai une réunion avec le commandant de la base sur ce qui s'est passé la semaine dernière et pour faire le point sur son remplacement. Je dois aussi rencontrer chacune des équipes SEAL pour répondre à leurs questions et les rassurer sur leur sécurité quand ils partiront en mission à l'étranger. Je dois aller au NCIS pour leur interrogatoire sur le traître du Bahreïn. On me dira si je dois témoigner à son procès. J'ai une pile de documents d'un kilomètre de haut que je dois essayer d'éplucher, et ensuite, je l'espère, convaincre ma secrétaire de ne pas démissionner quand j'aurai fait atterrir le tout sur son bureau.

— Une journée normale, en somme, dit Brenae en riant.

Dag ricana à son tour.

— On peut le dire.

— Est-ce que tu envisages la retraite ?

Dag se raidit et s'appuya sur un coude pour essayer de déchiffrer l'expression de son visage. La lumière était trop faible pour qu'il puisse interpréter ce qu'elle pensait réellement.

— Tu sais qu'il te suffit de me le demander et j'arrête tout, dit-il avec douceur.

— Je ne faisais aucune allusion, répondit Brenae. Seulement, je déteste te voir aussi stressé. Je sais que tu es presque toujours stressé, mais la semaine dernière, c'était le cran au-dessus. Je me demandais si tous ces événements avaient fait pencher la balance, si ça ne t'avait pas donné envie de quitter l'armée plus tôt que prévu.

Dag y réfléchit longuement, puis il finit par dire :

— Honnêtement, tout était difficile dans cette situation, mais j'ai l'impression qu'on a encore plus besoin de moi maintenant. Je n'ai pas la prétention de penser que personne d'autre ne peut faire mon travail, mais avec tout ce qui se passe, j'ai le sentiment que le mieux à faire, c'est encore de maintenir un semblant de normalité. C'est l'idéal pour les gars, leurs familles et mes chefs.

— Je suis d'accord, approuva Brenae. Je suis si fière de toi, Dag.

— Tant que tu peux dire ça, je suis heureux. À la seconde où ça change, je prends ma retraite.

— Je serai toujours fière de toi. Toujours.

— Je t'aime.

— Je t'aime aussi.

— Il me reste encore une heure avant de devoir me lever et me préparer pour le travail, lui annonça Dag. Rendors-toi, bébé.

— Toi aussi ? demanda-t-elle, déjà à demi assoupie.

— Bien sûr.

Mais ce n'était pas vrai. L'une des choses qu'il préférait au monde, c'était de la tenir dans ses bras pendant son sommeil. Il ne le lui avait jamais dit, mais il aimait la facilité avec laquelle elle s'endormait contre lui. Il aimait percevoir sa confiance. Elle savait qu'il la protégerait, quoi qu'il advienne

Dès qu'il sentit sa respiration profonde et régulière, il se pencha et l'embrassa sur le front.

— Je te jure que les trente prochaines années seront plus faciles que les premières, promit-il.

CHAPITRE QUATRE

Une semaine plus tard, Brenae était au rez-de-chaussée de l'immeuble. Elle prenait son courrier dans la boîte aux lettres lorsque la porte des escaliers s'ouvrit. Elle se retourna pour voir qui était arrivé et regarda la jeune femme avec surprise.

— Caite ?

La nouvelle venue parut effrayée pendant un moment, puis elle inclina la tête sur le côté et dit :

— Je suis désolée, j'ai une très mauvaise mémoire des visages. On s'est déjà rencontrées ?

Brenae sourit. Elle appréciait déjà la jeune femme. Non seulement elle était assez âgée pour être sa mère, si elle l'avait eue juste après son mariage, mais aussi, quelque chose lui parlait chez Caite. Elle avait cherché à en savoir le plus possible sur la victime de la plage, quelques semaines plus tôt.

— Pas vraiment. Je suis Brenae Creasy. Mon mari est le contre-amiral Creasy.

Aussitôt, Caite rougit.

— Oh, Seigneur. Je suis désolée de ne pas vous avoir reconnue ! Je me sens tellement bête. Mon petit ami parle tout le temps de votre mari. Il l'admire tant. Et il était là quand cette horreur est arrivée, sur la plage. Je ne l'ai pas revu depuis, mais je voulais le remercier encore pour tout ce qu'il a fait.

Brenae répondit aux remerciements de Caite.

— Il faisait ce qu'il fait de mieux, c'est tout.

La jeune femme se mordit la lèvre avant de reprendre :

— Je travaille avec des militaires depuis un certain temps, maintenant, et j'ai appris à faire attention à ce que je dis... surtout aux conjoints. Je ne sais jamais comment ils vont le prendre. Et maintenant que je sors avec un SEAL, je suis encore plus paranoïaque : je crains toujours d'avoir un mauvais mot, surtout devant quelqu'un qui est marié à un gradé comme votre mari. Cela dit... j'aimerais vraiment vous demander quelque chose. Je ne sais pas si je peux me le permettre.

Le respect de Brenae pour la jeune femme se

trouva renforcé par son honnêteté. Elle lui faisait penser à elle-même, vingt-cinq ans plus tôt. Elle avait tant essayé de s'intégrer, de se faire des amis, et elle s'était fait poignarder dans le dos à plusieurs reprises. Ce n'était que lorsqu'elle avait cessé de se soucier de ce que les autres pensaient qu'elle avait enfin réussi à s'épanouir.

— Je t'en prie, dis-moi tout. Je ne supporte pas que l'on soit gentil avec moi à cause de mon mari ou pour des raisons tout aussi superficielles.

— Voilà. Est-ce que votre mari va bien ?

Brenae cligna des yeux. Elle était persuadée que Caite allait lui demander ce qu'ils faisaient dans cet immeuble ou quel effet ça faisait d'être mariée à l'un des officiers les plus haut gradés de la base. Ou n'importe quelle question à propos des SEAL. La dernière chose à laquelle elle s'attendait, c'était qu'elle l'interroge directement sur Dag.

Personne ne s'était jamais demandé comment son mari encaissait tout ce qui lui arrivait. On partait toujours du principe qu'il s'en sortait parce qu'il avait l'étoffe d'un SEAL.

Elle dut prendre une seconde pour retrouver sa contenance avant de répondre :

— Il va bien. Merci.

Caite tendit la main et la posa sur le bras de

Brenae.

— Sérieusement, il va vraiment bien ? Rocco a dit qu'il était ami avec...

Elle déglutit péniblement avant de continuer.

— De toute façon, je voulais juste m'assurer qu'il allait bien. Rocco ne connaissait pas *personnellement* ce gars, alors il s'est inquiété pour moi après ce qui s'est passé sur la plage. Je ne connaissais même pas votre mari, et il ne me connaissait pas, sauf dans le cadre de l'enquête, alors je suppose que cette histoire l'a touché différemment.

Brenae posa sa main sur celle de Caite. Elle avait le sentiment que dans vingt ans, l'autre femme serait une excellente épouse pour son propre mari haut gradé et un atout de taille pour la Marine.

— Il va bien. Une chose que l'on apprend quand on est mariée à un dur à cuire, un soldat viril des Navy SEAL, c'est comment aider son homme à se défouler. On sait quand il a besoin d'être secoué et quand il faut prendre du recul et le laisser se débrouiller tout seul. Je ne dis pas que ce n'était pas un coup dur, mais Dag va bien.

— Dieu merci. J'étais inquiète pour lui, souffla Caite. Vous aussi, vous allez bien ?

Brenae partit d'un éclat de rire.

— C'est à moi de te demander ça.

— J'ai beaucoup de chance que Rocco ait insisté pour m'apprendre à faire la planche une semaine avant.

— Tu ne sais pas nager ? demanda Brenae, surprise.

Caite gloussa.

— Non. Mais je suis plutôt douée pour flotter maintenant.

— Laisse-moi deviner, Rocco t'a emmenée prendre plusieurs autres leçons depuis.

— Bien sûr. C'est un vrai bonheur de pouvoir le reluquer en short de bain.

— Je n'en doute pas.

Caite jeta un œil aux boîtes aux lettres, puis se tourna à nouveau vers Brenae et fronça les sourcils.

— Vous êtes ici pour prendre le courrier de quelqu'un ?

— Non. J'habite ici. Temporairement. En attendant que les entrepreneurs se bougent un peu et finissent notre maison.

— Dieu merci ! s'esclaffa Caite. Pendant une seconde, je me suis demandé à quel point la paye de la Marine devait être mauvaise pour qu'un contre-amiral habite ici.

Brenae rit avec elle.

— Nous avons vendu notre autre maison plus tôt

que prévu, et comme il n'y avait pas de logements disponibles à la base, nous avons entreposé la plupart de nos affaires dans un garde-meubles et loué un appartement ici en attendant que notre maison soit terminée.

— C'est logique. Je n'ai pas encore officiellement quitté mon appartement, mais après tout ce qui s'est passé, Rocco a beaucoup insisté pour que j'emménage ici avec lui.

Brenae hocha la tête.

— Je sais qu'on vient à peine de se rencontrer et que ce n'est pas à moi de te donner des conseils, mais... emménager avec un homme, c'est un grand pas. Et je dis ça de femme à femme... Fais attention, n'abandonne pas ton indépendance pour un homme. J'aime beaucoup Rocco et les autres membres de son équipe, mais s'ils ressemblent à mon mari, ils aiment être aux commandes et obtenir tout ce qu'ils veulent.

Heureusement, Caite ne s'en offusqua pas.

— Croyez-moi, je le sais. J'y ai longuement et mûrement réfléchi. J'ai toujours mon propre compte en banque, je vais bientôt commencer un nouveau travail, et honnêtement... j'ai *envie* d'être avec Rocco en permanence. Avant tout ça, je détestais déjà dormir seule chez moi. Mais je comprends ce que vous dites et j'apprécie le conseil plus que vous ne le pensez.

Brenae sourit.

— Disons que je vois tant de jeunes femmes se précipiter dans des relations, abandonnant même leur indépendance financière parce qu'elles veulent éperdument être avec leur homme.

— Honnêtement, Rocco *veut* que je travaille. Il doit penser que ça m'occupera quand il sera en mission.

— Il est malin, c'est très juste. Après trente ans de mariage avec un militaire qui a fait partie des SEAL pendant très longtemps, crois-moi quand je te dis que tu as *besoin* de ton propre quotidien et de tes propres amis. Le plus souvent, il manquera des événements importants de ta vie, même si ce n'est pas de son plein gré, et tu auras besoin de ta tribu autour de toi pour t'aider quand il ne pourra pas le faire.

— Est-ce que ça devient plus facile avec le temps ? demanda Caite.

— Quoi donc ?

— Le manque de votre mari quand il est absent ? Votre inquiétude pour lui ?

— Honnêtement ?

Elle hocha la tête.

— Non.

Devant l'abattement évident de la jeune femme, Brenae s'empressa d'expliquer :

— Mais je n'aurais jamais demandé à Dag de faire autre chose que ce qu'il fait. Même quand il était absent entre six mois et un an, je n'ai jamais envisagé de me plaindre pour le temps qu'il passait loin de moi et de nos enfants. Il faisait ce qu'il aimait. Un travail important. Et tout ce temps d'absence m'a permis de l'apprécier davantage quand il était à la maison. C'était sans doute la même chose de son côté. Le mieux que tu puisses faire pour Rocco, c'est de le soutenir. Et sache que même si son devoir envers son pays est primordial, *tu* l'es tout autant.

— Merci. J'avais besoin d'entendre ça. On ne peut pas dire qu'il soit parti très souvent depuis que nous sommes ensemble, mais je le redoute.

— Si jamais tu as besoin de parler, je serai heureuse de te donner mon numéro. Quand j'ai commencé à sortir avec Dag, j'avais un tas de questions sur un tas de choses.

— Merci beaucoup. Avec plaisir. Je suis devenue amie avec certaines des autres femmes de SEAL, mais même si elles sont adorables, j'ai l'impression d'être à la marge quand je suis avec elles. Elles n'ont rien fait pour m'exclure, au contraire, mais elles se connaissent depuis si longtemps.

— Tu trouveras ton propre clan, la rassura Brenae. Rocco est le seul de son équipe à avoir une petite amie, c'est bien ça ?

— Oui, mais comment le savez-vous ?

Brenae sourit.

— Je suis la femme d'un contre-amiral. C'est mon travail de tout savoir sur les familles des hommes sous le commandement de mon mari.

— Vous me faites penser à ma mère, elle me manque tellement, dit Caite avant de grimacer. Désolée, je ne voulais pas dire ça dans le mauvais sens. Je ne dis pas que vous êtes vieille, ni rien. Oh, merde... bredouilla-t-elle, son visage dans ses mains. Je ferais mieux de me taire.

— Ce n'est rien, lui dit Brenae en riant. Toi, tu me rappelles ma fille, et elle me manque beaucoup, alors on est quittes.

Les deux femmes échangèrent un sourire.

Au même moment, un brouhaha se fit entendre à l'extérieur du hall exigu. Elles se tournèrent pour voir ce qu'il se passait.

Une femme houspillait bruyamment un homme à ses côtés. Elle faisait de grands gestes avec les mains tout en parlant.

— Oh, oh, souffla Caite. Elle a l'air très énervée.

Brenae les regarda avec inquiétude. La dispute n'avait pas l'air d'une querelle habituelle. La femme était à la limite de l'hystérie, s'égosillant contre son homme qui l'aurait trompée avec la « pute du 247 ».

L'homme n'arrangeait pas son cas, rétorquant en levant les yeux au ciel.

Soudain, elle lui empoigna le bras et tira. Violemment.

L'homme s'arrêta brusquement et se tourna vers la femme pour la foudroyer du regard. Cette dernière se redressa de toute sa hauteur, plaquant les deux mains sur son torse. Il fit un pas en arrière, puis leva à son tour les mains et la repoussa.

Brenae serra le bras de Caite et l'entraîna à l'écart de la porte.

— Il faudrait faire quelque chose, protesta Caite. Mais elle secoua la tête.

— Non.

— Et s'il lui fait du mal ?

— Tu as ton téléphone sur toi ? reprit Brenae, ignorant la question de Caite.

— Non, je l'ai laissé en haut. Je comptais juste descendre prendre le courrier et remonter.

L'estomac de Brenae se noua. Elle non plus n'avait pas son téléphone, pour la même raison.

Les cris de la femme s'arrêtèrent soudainement et Brenae redouta de regarder par la porte-fenêtre. Cette situation ne lui disait rien qui vaille.

Enfin, elles entendirent l'homme pousser un cri de détresse, suivi d'un grand bruit sourd.

Caite s'avança de quelques pas et jeta un œil par la vitre.

Quand elle se retourna, son visage était blanc comme un linge.

— Elle le poignarde !

— Quoi ? se récria Brenae, sous le choc.

Elle rejoignit Caite. En découvrant la scène, elle n'en crut pas ses yeux.

La femme était penchée au-dessus de l'homme étendu au sol. Elle leva le bras avant de l'abaisser, lui enfonçant un couteau dans le torse sous ses yeux exorbités. Puis elle recommença. Et encore.

La bile remonta dans la gorge de Brenae devant la violence dont elle était témoin. Hors de contrôle, la femme plongeait sa lame dans le torse de l'homme, son ventre et même son entrejambe, sans relâche, en proie à une frénésie meurtrière.

— Éloigne-toi lentement de la vitre, chuchota Brenae à Caite.

Au même moment, la porte de l'ascenseur s'ouvrit à proximité et une femme entra dans le hall. Elle jeta un coup d'œil en direction du carnage sanglant qui se déroulait de l'autre côté de la vitre et elle se mit à hurler à tue-tête.

Il n'en fallut pas plus pour faire sursauter la femme au couteau. Elle leva la tête… et croisa le regard interloqué de Brenae.

Ignorant la résidente qui avait tourné les talons pour repartir dans le couloir à toutes jambes, sans doute pour rejoindre la sortie, la forcenée se leva et décocha un coup de pied à l'homme qui ne bougeait plus avant de se diriger à grands pas vers le hall d'entrée avec un regard malveillant.

Brenae constata avec horreur que la porte vitrée n'était pas fermée à clé. C'était une simple porte battante. Elle tira sur le bras de Caite, la ramenant en arrière vers le guéridon décoratif et la poubelle, du côté opposé aux boîtes aux lettres.

— Merde, merde, merde, murmura Caite, battant en retraite.

En quelques secondes, la meurtrière ouvrit la porte à coups de pied, la projetant dans un fracas assourdissant contre le mur.

— *Toi !* rugit-elle avec un regard fou, pointant son couteau ensanglanté vers Caite. Tu vas payer pour avoir dragué mon copain !

CHAPITRE CINQ

Dag passa la main dans ses cheveux. Il était fatigué, mais il savait que c'était ce qu'il allait ressentir pendant les prochaines semaines... jusqu'à ce que la Marine fasse venir un remplaçant et le forme aux opérations en cours. Dag était prêt à travailler d'arrache-pied s'il pouvait s'assurer que les SEAL dont il était responsable soient en sécurité.

Ses pensées dérivèrent vers Brenae. Une fois de plus, il lui était reconnaissant de ne jamais se plaindre lorsqu'on lui confiait un surcroît de travail. Elle ne s'était jamais aigrie quand il avait raté les anniversaires importants. Elle ne l'accusait jamais quand tout ne se déroulait pas comme prévu, au bon vouloir de la Marine américaine. Non, elle continuait de se battre. C'était une des millions de qualités qu'il aimait chez elle.

Dernièrement, beaucoup de choses ne s'étaient pas passées comme ils l'avaient prévu, notamment le retard pris dans la construction de la maison de leurs rêves et leur emménagement forcé dans un appartement pour quelques mois. Avec du recul, ce n'était pas grand-chose, mais il savait combien Brenae avait hâte d'emménager dans la maison qu'ils avaient conçue ensemble.

Il était perdu dans ses pensées sur la surprise qu'il pourrait lui faire en accélérant les travaux lorsque la porte de son bureau s'ouvrit. La porte alla heurter le mur et Dag se leva d'un bond, un couteau à la main avant même de réfléchir à ce qu'il faisait.

Devant lui se trouvait Blake Wise, surnommé Rocco par ses amis et coéquipiers.

— Chef ! Avez-vous eu des nouvelles de votre femme au cours des quinze dernières minutes ?

Surpris par l'irruption et déboussolé par sa question, Dag répondit :

— Non. Pourquoi ?

— Merde ! Il y a une prise d'otages dans notre immeuble. Je n'ai pas réussi à joindre Caite. Son téléphone ne fait que sonner et m'envoie sur la boîte vocale.

Dag dégaina immédiatement son portable et appuya sur le nom de Brenae. Il se crispa lorsque la sonnerie retentit à plusieurs reprises avant de déboucher sur sa messagerie. D'habitude, il était apaisé en entendant son message enregistré, mais en cet instant, il attendit avec impatience le bip pour dire d'une traite :

— C'est moi. Appelle-moi à la seconde où tu reçois ce message.

— Au bilan ! aboya-t-il à Rocco avant de le rejoindre, saisissant ses clés en chemin.

Rocco sortit précipitamment du bureau et les deux hommes descendirent le couloir vers la cage d'escalier, côte à côte, à une cadence rapide.

— L'un de mes voisins m'a appelé pour me dire que le SWAT et la police de San Diego se dirigeaient vers l'immeuble. On leur a demandé de s'abriter sur place, dans leurs appartements, et de ne laisser entrer personne jusqu'à ce que la police arrive. Il regardait par sa fenêtre et il a vu l'immeuble encerclé par l'équipe d'intervention. J'ai appelé un contact que je connais au sein de la police, et apparemment, il y a une prise d'otages en cours près du hall.

Le cœur de Dag faillit cesser de battre. Il n'avait aucune raison de penser que sa Brenae puisse être impliquée, mais les cheveux se dressaient sur sa nuque, signe de mauvais augure.

Sans un mot de plus, les deux hommes sortirent du bâtiment de la base navale et se ruèrent vers la Land Rover de Dag. En cet instant, ils n'étaient plus officier supérieur et subordonné, mais deux hommes désespérés de savoir leurs femmes saines et sauves.

Sur le chemin de l'immeuble, Rocco tenta à nouveau de joindre Caite, sans succès. Dag ne parvint pas à entrer dans le parking à cause de la présence policière, alors il gara en hâte son 4x4 dans une rue transversale.

Il n'était pas fréquent que Dag se serve de son grade pour obtenir des faveurs, mais en l'occurrence, il se fichait éperdument qu'on l'accuse d'utiliser ses privilèges. Il ferait tout ce qui était en son pouvoir pour rejoindre Brenae.

Abordant un capitaine de police, il déclara :

— Je suis le contre-amiral Dag Creasy et un grand nombre de mes soldats vivent dans cet immeuble. Je veux le point sur la situation *immédiatement.*

Le capitaine parut surpris, mais il s'empressa de lui dire ce qu'il savait.

— Nous avons reçu un appel il y a environ

quarante minutes d'une femme complètement paniquée qui nous a dit qu'elle venait d'être témoin d'un meurtre. Quand nous sommes arrivés ici, une prise d'otages était en cours. Nous avons bouclé le bâtiment et couvert toutes les issues. Nous attendons l'arrivée des renforts, puis nous essaierons d'établir le contact avec la forcenée.

Dag jeta un œil vers l'entrée de l'immeuble et ses jambes faillirent se dérober lorsqu'il aperçut une silhouette étendue près des portes d'entrée.

— Qui est la victime ? s'enquit-il.

— Nous n'en sommes pas sûrs pour le moment. Il semblerait que ce soit un homme d'une vingtaine d'années.

Honteux du soulagement qui envahit son corps – après tout, cet homme était forcément le frère, le fils ou le père de quelqu'un –, Dag hocha la tête. Il regarda Rocco, dont toute la concentration était dirigée vers les portes d'entrée.

— Sait-on qui sont les otages ? demanda Dag.

— Nous n'avons pas leurs noms, mais elles sont deux. Des femmes. Une plus âgée, une plus jeune. Le coupable est une femme d'une vingtaine d'années et les premières informations indiquent qu'elle est probablement prise d'une folie meurtrière.

— Chef, dit soudain Rocco d'un ton pressant, à côté de lui.

Dag leva la main pour faire taire le soldat. Il avait besoin d'autant d'informations que possible de la part du capitaine de police avant de décider de sa prochaine action.

— Où sont-elles ?

— Apparemment, à l'intérieur du hall, près des boîtes aux lettres.

L'esprit de Dag tournait à plein régime. À présent, il ne doutait plus que sa Brenae se trouvait dans cette pièce. Elle descendait toujours vérifier le courrier à la même heure, chaque matin. Elle tenait à ses petites habitudes, même s'il essayait souvent de lui faire varier sa routine par sécurité.

— Voilà le topo, dit-il alors au capitaine. Je suis sûr à 85 % que l'un des otages est ma femme. Je sais que c'est votre intervention et votre responsabilité, mais avec tout le respect que je vous dois, c'est ma femme qui est là-dedans.

— Et la mienne, s'exclama Rocco d'un ton dangereusement grave.

— Nous devons participer à cette opération, renchérit Dag. J'ai quinze ans d'expérience en tant que SEAL et Rocco ici présent fait partie de mon équipe. Laissez-nous vous aider. Nous avons déjà perdu trop de temps. Utilisez notre expertise pour en finir au plus vite.

Le capitaine regarda Dag d'un œil critique, pendant un long moment.

— Êtes-vous doué pour les négociations ?

— Je suis le meilleur, répondit Dag.

Ce n'étaient pas des vantardises.

— Bon, allez voir le sergent là-bas et enfilez vos gilets avant de vous approcher du bâtiment.

Quand Dag et Rocco se retournèrent pour se diriger vers l'endroit qu'on leur avait indiqué, le capitaine lança :

— Ce n'est pas l'Irak, ici. Le public américain n'aime pas beaucoup les exécutions sommaires.

Dag hocha la tête. Il en était bien conscient. La police menait une bataille difficile devant l'opinion publique, et la dernière chose dont la ville de Riverton – ou la Marine américaine, d'ailleurs – avait besoin, c'était d'avoir le sang d'une jeune femme sur les mains, même si elle était une meurtrière et menaçait la personne qu'il aimait le plus au monde.

En quelques minutes, Dag et Rocco avaient enfilé des gilets pare-balles noirs avec les mots SWAT dans le dos par-dessus leurs uniformes de combat naval.

Dag était intensément conscient de la présence du couteau dans l'étui, au bas de son dos. Sans doute Rocco était-il équipé à l'identique. Ils n'avaient pas d'autres armes, mais ce ne serait pas nécessaire. Leurs compétences en tant que SEAL étaient d'une efficacité redoutable. Et puis, en tirant avec une arme à feu à l'intérieur du hall exigu, ils risquaient de toucher Brenae ou Caite.

— Comment fait-on ? demanda Rocco alors qu'ils rejoignaient les portes d'entrée.

— Du mieux qu'on peut, répondit sombrement Dag.

Brenae fixait la femme qui faisait les cent pas devant elle. Il était évident qu'elle était sous l'emprise d'une substance et elle ne pensait pas que ce soit de l'alcool. Ses mouvements étaient erratiques et elle n'avait pas cessé de marmonner depuis sa menace initiale envers Caite.

Heureusement, quelque chose dans le hall avait détourné son attention avant qu'elle ne cherche à mettre ses menaces à exécution. Après avoir accusé Caite d'avoir dragué son petit ami à présent décédé, elle avait semblé oublier les deux femmes. Elle s'était remise à grommeler tout en arpentant le hall sans prêter attention au cadavre de son compagnon, étendu sur le sol de l'autre côté des portes vitrées.

Brenae avait entraîné Caite dans un coin de la pièce, se positionnant devant la jeune femme. Un doigt sur ses lèvres, elle lui avait intimé de garder le silence. Caite avait hoché la tête, et depuis, elles attendaient avec impatience de voir ce qui allait se dérouler ensuite.

Regrettant de ne pas avoir son téléphone pour informer Dag de la situation, Brenae ne quittait pas des yeux la femme désemparée. Elles avaient toutes entendu les sirènes et savaient que l'immeuble était probablement encerclé. Maintenant, Brenae se réjouissait que la porte du hall ne soit pas fermée à clé. Cela permettrait à la police de pénétrer plus facilement à l'intérieur.

Brenae songea qu'elle devrait peut-être essayer de faire connaissance avec leur ravisseuse. Apprendre son nom. Comprendre la raison de la dispute avec son petit ami. Mais plus l'impasse durait, plus la femme agissait de manière incohérente. Elle se frappait la tête de temps en temps, essuyait le couteau ensanglanté sur son avant-bras et regardait le plafond comme si quelque chose y était écrit. Brenae avait décrété qu'il valait mieux se faire oublier en espérant que la femme continue de les ignorer.

Un mouvement à la porte attira son attention et Brenae retint sa respiration en apercevant Dag. Il portait un gilet noir qu'elle n'avait jamais vu auparavant et avait les mains en l'air, comme pour faire savoir à la femme qu'il n'était pas armé.

— Reculez ! cria la meurtrière en pointant son couteau sur la porte.

— Nous voulons juste discuter, lui dit Dag.

— Non ! Pas de discussions !

Sans lui laisser ajouter un mot, elle fit volte-face et se rua sur Brenae. Lui empoignant le bras, elle la poussa devant elle en guise de bouclier. L'instant d'après, le couteau ensanglanté était contre sa gorge.

Brenae réussit à ne pas crier, les yeux fixés sur ceux de son mari à travers la vitre. La pointe de la lame s'enfonça dans sa peau et elle s'efforça de ne pas penser aux maladies transmissibles ni à son risque de mourir là, aux pieds de son mari.

— Laissez-la partir.

Cette fois, la voix de Dag n'était plus avenante et désinvolte. Il avait laissé tomber toute tentative d'amabilité pour endosser son rôle de Navy SEAL menaçant en un clin d'œil.

Brenae vit Rocco derrière son mari, la même détermination farouche sur le visage.

C'était dingue de les voir là-bas, sachant qu'ils feraient tout leur possible pour qu'elles en réchappent vivantes. Elle se détendit un peu. Dag ne l'avait jamais laissé tomber. Il était comme ça, toujours fidèle au poste. C'était ce qu'il avait passé sa vie à faire. Elle n'avait jamais cru être un jour en situation de détresse, et pourtant, ce moment était arrivé.

— Posez le couteau, dit-elle d'une voix douce.

— Je ne peux pas ! gémit la femme.

— Bien sûr que si, reprit Brenae.

Le couteau la piqua un peu plus fort et elle sentit un filet de sang suinter de l'entaille et couler dans son cou, s'arrêtant au col de son t-shirt.

Elle déglutit et regarda une fois de plus Dag dans les yeux. Sans ciller, il lui renvoya son regard franc et inébranlable.

Pourquoi ne lui donnait-il pas une sorte de signal ? Il devrait lui faire savoir comment réagir par télépathie.

Elle s'en voulut aussitôt. Elle ne pouvait tout de même pas lui reprocher de ne pas communiquer avec elle par la pensée. Elle devait se ressaisir. Dag attendait-il qu'elle se jette à droite ? À gauche ?

Quand ? Avant qu'il ne passe à l'action ? Après ? Ils n'avaient jamais parlé de cela, de ce qu'il convenait de faire si elle était en situation d'otage et que Dag devait la sauver.

Brenae sentait qu'elle était sur le point de paniquer, mais elle devait se retenir.

— Ils doivent s'en aller ! Merde, qu'est-ce qu'ils foutent encore ici ? vociférait la femme derrière elle.

Soudain, avec une clarté dont Brenae ne disposait pas une seconde plus tôt, elle sut ce qu'elle devait faire.

Le couteau allait probablement s'enfoncer dans sa peau quand elle bougerait, mais en même temps, la femme pouvait aussi décider de la supprimer sur-le-champ. Ensuite, elle s'en prendrait à Caite. Brenae n'était ni un SEAL, ni un soldat ni rien de ce genre, mais elle n'allait pas laisser la jeune femme subir à nouveau la même situation d'horreur que l'autre jour, sur la plage, à peine une semaine plus tôt. La pauvre avait enduré bien assez d'épreuves.

Brenae rencontra les yeux de son mari, mais cette fois-ci, elle jeta un coup d'œil furtif sur sa droite. Puis elle recommença.

Quand Dag baissa imperceptiblement le menton, elle comprit qu'elle avait son accord et elle se détendit.

Il allait s'occuper de tout. S'occuper d'*elle*.

— Je dois sortir d'ici ! se lamentait la femme. Putain, pourquoi il m'a larguée comme une merde ? C'est *sa* faute. Et la tienne aussi ! Tu l'as poussé à me tromper.

Manifestement, la femme délirait si elle pensait que le jeune homme étendu dans une flaque de sang, de l'autre côté de la porte, avait déjà flirté avec Brenae. Elle avait au moins deux fois son âge.

C'était maintenant ou jamais. Brenae prit une profonde respiration, regarda Dag une dernière fois, puis se jeta de toutes ses forces vers la droite.

CHAPITRE SIX

Dag rongeait son frein. Il n'avait jamais été dans une telle situation. Il n'avait jamais eu à rester les bras croisés alors que sa femme était en danger de mort. Maintenant, il savait exactement ce que Rocco avait ressenti lorsque sa femme était aux mains d'un fou furieux, la semaine passée.

Il voulait dire à Brenae de ne pas s'inquiéter, qu'il la sortirait de là... mais il en était incapable. Pas avec cette femme démente qui lui tenait un couteau sur la gorge.

Soudain, il vit sa courageuse épouse jeter un coup d'œil à sa droite. Une fois. Puis deux.

Il avait envie de secouer la tête, de l'en dissuader, mais honnêtement, il ne voyait pas d'autre moyen de sortir de cette situation. Il devait entrer dans le hall, mais pendant le bref laps de temps que cela lui prendrait, cette toxicomane pourrait enfoncer profondément le couteau dans la gorge de Brenae.

Elle devait faire comme Caite la semaine passée. Faire profil bas et le laisser agir comme il savait le faire.

Bandant tous ses muscles, il entendit Rocco murmurer derrière lui :

— Prêt, chef...

Il bondit en voyant les membres de Brenae frémir juste avant qu'elle ne passe à l'action.

La porte s'ouvrit sous son poids au moment où sa femme se jetait sur le côté.

Avant même qu'elle ne touche le sol, le couteau qui était plaqué contre sa gorge encore quelques instants plus tôt vola à travers le hall et la femme qui avait osé prendre Brenae en otage se retrouva face contre terre, son genou dans le dos.

La femme se débattait comme si elle était possédée. Il fallut toute la force combinée de Dag et de Rocco pour la contenir, et encore, elle refusait d'abandonner. Ce ne fut que lorsque cinq autres membres de l'équipe d'intervention de San Diego firent irruption dans la petite salle et lui tombèrent dessus qu'elle finit par accepter de se rendre. Après s'être battue comme un vrai chat sauvage, elle finit par sombrer dans un état proche de l'hébétude.

Sans accorder une seconde de plus à cette toxicomane qui avait visiblement perdu la raison, Dag se tourna vers l'endroit où Brenae s'était jetée. Elle était accroupie contre le mur, ses bras autour de Caite pour la réconforter.

Sa femme venait d'avoir un couteau sous la gorge et c'était *elle* qui réconfortait les autres.

Dag avait l'impression d'avoir cent ans quand il se traîna jusqu'à elle. Rocco arriva en même temps et aida Caite à se lever pour l'attirer dans ses bras. Dag se sentait à peine capable de tenir debout. Ses yeux étaient rivés sur le sang qui entachait le col de Brenae. La marque dans son cou saignait encore, et pendant une seconde, il fut incapable de réfléchir.

Il n'avait jamais rien vu d'aussi atroce que ce filet rouge sur la peau de sa chère et tendre. Pourtant, il avait vu beaucoup de sang et de mort au cours de son existence, mais jamais dans un tel contexte. Jamais sur sa Brenae.

— Bon Dieu, Caite ! Je t'ai fait venir chez moi parce que je pensais que tu serais plus en sécurité, disait Rocco en entraînant sa petite amie hors du hall d'entrée.

Comme si elle savait exactement à quel point

Dag était déphasé en cet instant, Brenae ouvrit simplement les bras.

Oubliant immédiatement le sang dans son cou, il enfouit son nez dans ses cheveux. Elle avait toujours ce même parfum de fleurs. Elle n'utilisait presque jamais la même lotion parfumée deux jours de suite, et pourtant elle sentait toujours le frais et le propre. Aujourd'hui ne faisait pas exception.

— Je vais bien, dit-elle tout bas à son oreille alors que ses bras se refermaient autour de lui.

Le souffle de Dag resta suspendu dans sa gorge et il ferma les yeux. Il avait failli la perdre.

C'était moins une. Ils étaient passés à *ça* du drame.

Il ne pouvait pas parler, alors il resserra son étreinte.

— Je vais bien, répéta-t-elle.

Encore. Et encore.

Rien d'autre ne comptait à ce moment-là. Ni les policiers qui emmenaient la meurtrière à l'extérieur, ni le capitaine qui arrivait et ordonnait aux agents de police de faire attention au couteau.

Brenae bougea enfin pour prendre son visage dans ses mains. Il ouvrit les yeux et plongea son regard dans ses abysses bleutés.

— Tu es arrivé à temps, lui dit-elle tendrement.

Ses yeux tombèrent à nouveau sur son cou… et soudain, l'étrange torpeur qui s'était emparée de lui disparut comme une bouffée de fumée. Il tourna la tête pour regarder le capitaine de police.

— Ma femme a besoin de soins médicaux.

— Dag, non, je vais bien.

— Tout de suite, ordonna Dag au capitaine sans prêter attention à ses protestations.

Il savait qu'il se montrait impoli, mais il était hors de question que Brenae attende une seconde de plus avant que sa blessure soit examinée.

Comme les ambulanciers mettaient trop de temps à arriver, Dag décida de suivre l'exemple de Rocco et souleva Brenae dans ses bras. Il avait peut-être un demi-siècle, mais il espérait ne jamais être trop vieux pour porter sa femme.

Elle passa les bras autour de son cou et se laissa aller contre lui.

Content qu'elle n'oppose aucune résistance, Dag sortit du hall d'entrée et, passant devant le cadavre du jeune homme, il s'avança dans la lumière du soleil. C'était bizarre. On eût dit que des heures s'étaient écoulées depuis qu'il avait appris ce qui se passait dans son immeuble, mais en réalité, tout s'était déroulé en moins d'une heure.

Il s'approcha de l'une des ambulances garées sur

le parking et monta à l'intérieur, accompagnant la femme qui représentait le monde entier à ses yeux. Alors qu'il l'étendait sur le brancard, Brenae le regarda en souriant.

— Mon héros.

Trente minutes plus tard, après avoir dit au capitaine de police qu'il était *hors de question* qu'il aille au poste faire sa déposition avant le lendemain, parce qu'il devait s'occuper de sa femme, et une fois que les ambulanciers eurent nettoyé le cou de Brenae et appliqué un pansement sur la coupure superficielle, Dag ouvrit enfin la porte de leur appartement et suivit sa femme à l'intérieur.

Il avait l'intention de la mettre en pyjama, de l'installer sur le canapé sous l'un de ses plaids moelleux préférés et de lui préparer un énorme bol de bouillon de poulet aux nouilles. Mais apparemment, Brenae avait une autre idée en tête.

À la seconde où la porte se referma derrière eux, elle le poussa en arrière jusqu'à ce que son dos heurte la porte et elle tomba à genoux. Ses doigts entreprirent frénétiquement de détacher sa ceinture.

Dag essaya de la retenir :

— Ma ché… commença-t-il, mais elle secoua catégoriquement la tête.

— Non. J'ai besoin de ça. J'ai besoin de *toi*.

Elle défit sa ceinture, et en quelques secondes, sa fermeture éclair était baissée et son sexe dans sa main. Brenae s'humecta les lèvres tout en exerçant quelques mouvements de va-et-vient avec sa main avant de le prendre tout entier dans sa bouche.

Il y avait longtemps que Dag n'avait pas vu sa femme aussi passionnée. Mais plus il la regardait lui donner du plaisir, plus son envie devenait contagieuse.

Il aurait pu la perdre aujourd'hui.

Elle aurait pu se faire trancher la gorge juste devant lui.

Elle aurait pu *mourir*. Putain !

Dans un grognement, Dag se pencha et saisit Brenae sous les bras, la détachant de son sexe. Il la prit par la taille et l'entraîna vers leur chambre. Son pantalon était autour de ses chevilles, mais il s'en fichait éperdument.

Brenae lui dévorait la bouche comme si elle était à l'agonie et que ses lèvres étaient l'unique remède. Leurs dents s'entrechoquaient et leurs têtes oscillaient tandis qu'ils essayaient de se perdre plus profondément l'un dans l'autre.

Éprouvant un besoin primaire de se prouver, à lui comme à elle, qu'ils étaient tous les deux en vie et en bonne santé, Dag finit par la lâcher en sentant l'arrière de ses genoux toucher le bord du lit.

— Enlève ton pantalon, ordonna-t-il tout en fouillant dans le tiroir de leur table de nuit.

Il sortit le petit flacon de lubrifiant et attendit impatiemment que Brenae se déshabille. Dès qu'elle fut nue, il la retourna, la penchant sur le matelas.

Elle gémit, mais il savait que c'était un gémissement d'impatience et non de désarroi. Il n'avait pas le temps de la préparer, de la faire mouiller comme d'habitude. Il la vénérait longuement une prochaine fois. Pour l'instant, il avait besoin d'être en elle plus que toute autre chose au monde.

Versant une généreuse quantité de lubrifiant sur son sexe, il lâcha un râle de plaisir en étalant la substance sur toute sa longueur.

— Dépêche-toi, Dag, supplia Brenae, toujours penchée devant lui.

Il baissa les yeux pour découvrir ses doigts qui jouaient frénétiquement avec son clitoris. Tout sourire, il recouvrit ses propres doigts de lubrifiant et repoussa la main de Brenae pour prendre la relève. Sans hésiter, il enfonça ses doigts glissants entre ses cuisses et elle gémit en se cambrant, lui offrant ainsi un meilleur accès à l'endroit où il rêvait de s'enfouir.

Une minute plus tard, lorsqu'il se fut assuré qu'il l'avait suffisamment lubrifiée pour qu'elle puisse l'accueillir sans douleur, Dag plaça sa verge impatiente devant son sexe détrempé et la pénétra d'un coup sec.

Il resta ancré en elle, attentif à leur connexion et aux sensations de son intimité autour de son membre.

Il avait failli perdre cela. Il n'aurait plus jamais senti son corps chaud et humide autour du sien, n'aurait plus jamais entendu son rire, vu son sourire. Ces pensées risquaient presque de lui faire perdre son érection.

— Dag, arrête de cogiter et baise-moi ! se plaignit Brenae.

Il sourit. Sa femme n'avait pas son pareil pour le rappeler à l'ordre.

— Tu ne peux pas m'abandonner, dit-il en se retirant avant de mieux s'enfoncer en elle. Jamais. Jamais. Tu m'entends ?

Il ponctuait chaque question d'un coup de reins, la baisant tout en l'avertissant contre les caprices du destin qu'elle ne contrôlait pourtant pas.

— Oui, confirma-t-elle.

Ses doigts se contractèrent sur le dessus-de-lit et elle se dressa sur la pointe des pieds, essayant d'aller à sa rencontre tandis qu'il la prenait avec ardeur.

— Je t'aime tellement, Brenae. Tu es ma vie. Ma raison de vivre. Je ne pourrais pas supporter le monde sans toi.

Ses mots étaient doux et tendres, au contraire de leur corps-à-corps avide. Il lui tenait les hanches tout en revenant à la charge sans relâche, lui prouvant combien il aimait la baiser, lui faire l'amour.

— Je t'aime aussi, dit-elle en haletant. Oui, mon Dieu, Dag, *oui*. Encore. Plus fort !

Il adorait qu'elle soit si excitée qu'elle ne parvienne même plus à formuler des phrases complètes. Décidant qu'ils avaient assez parlé, Dag se concentra sur ses gestes et s'assura de combler sa femme de plaisir. Penché sur elle, ses hanches continuant leur mouvement frénétique, il glissa une main sous son corps. Ses doigts trouvèrent aussitôt ce qu'ils cherchaient et se posèrent sur son clitoris, exerçant des mouvements nets et précis, impitoyables.

Brenae redoubla de vigueur. Elle rejeta la tête en arrière, cambrée au maximum tout en avançant les fesses pour mieux le recevoir.

Attisé par la passion de sa femme, Dag continua ses assauts.

Au bout d'une minute, il savait qu'elle était sur le point de jouir... ce qui était une bonne chose, car ses bourses se contractaient déjà en vue de leur propre jouissance. Encouragé par les gémissements continus qui montaient de la gorge de Brenae et les frissons qui lui parcouraient le corps, Dag grogna de plaisir lorsqu'il sentit les spasmes musculaires révélateurs autour de son sexe.

— C'est ça. Jouis pour moi.

Avec un gémissement éperdu, elle se laissa aller.

Dag envisagea un instant de se retirer pour se répandre sur sa peau, mais il était trop tard. Son sperme jaillit avec force, comme s'il était un adolescent qui expérimentait son premier orgasme. Son membre palpitant au rythme de son cœur, il se déversa en elle.

Son extase dura si longtemps et fut si puissante qu'il sentit son sperme s'écouler à l'extérieur. En matière de sexe, cependant, plus rien ne les gênait. Lorsqu'il sentit qu'il pouvait bouger sans que ses genoux ne lâchent, Dag se retira lentement. Ils gémirent tous les deux, déçus de perdre ce contact intime.

Puis Brenae se redressa sur ses mains et se

retourna pour le regarder. Elle sourit en passant la langue sur ses lèvres. La queue de Dag se manifesta, mais il lui faudrait un certain temps avant de pouvoir s'y remettre.

— Monte, ordonna-t-il en désignant le lit.

Brenae obéit, retirant son chemisier au passage. Son soutien-gorge suivit le mouvement. Dag finit à son tour de se déshabiller, remerciant le ciel de ne pas avoir trébuché sur son pantalon dans sa hâte de les emmener tous les deux dans la chambre.

Il s'installa sur le lit avec Brenae et la prit dans ses bras. Ils restèrent allongés là un long moment, à profiter de ce moment calme et tendre après les ébats fougueux auxquels ils venaient de se livrer. Il y avait des mois qu'ils ne s'étaient pas chauffés comme ça. Merde, il n'avait même pas enlevé tous ses vêtements ! Les bras de Dag se resserrèrent autour d'elle.

— Je t'aime.

— Moi aussi, susurra-t-elle.

— J'avais envie de te dorloter.

— Je n'ai pas besoin d'être dorlotée. Tu n'as pas encore compris ?

Il ricana avant de retrouver son sérieux pour l'embrasser sur la tempe.

— Je vais appeler ces entrepreneurs et les faire suer à grosses gouttes. J'ai besoin de t'installer dans notre maison. Avec notre système d'alarme. En sécurité.

— Je suis toujours en sécurité quand je suis avec toi, déclara-t-elle.

Dag pinça les lèvres, s'efforçant de garder son calme. Brenae avait toujours eu les mots justes.

— Comment va ton cou ?

— Ça va.

— Plus de douleur ?

— Non.

— Même si j'aime que tu prennes le contrôle et que tu me sautes dessus, je ressens toujours le besoin de te dorloter, tu sais.

— Ah oui ?

— Oui.

Elle lui adressa un sourire en coin.

— Eh bien, alors, dorlote-moi. Mon marin !

Il ne se fit pas prier.

CHAPITRE SEPT

Aujourd'hui, c'était le grand jour.

Après que Brenae eut été retenue en otage dans le hall d'entrée de l'immeuble, Dag avait fini par perdre patience avec l'entrepreneur. Il avait appelé et menacé le pauvre homme, l'intimidant jusqu'à ce qu'il fasse ce qu'il avait promis et termine leur maison dans les délais.

Dag avait caché les détails à Brenae pour ne pas lui donner de faux espoirs qui risquaient d'être balayés si les travaux prenaient à nouveau du retard.

Tout sourire, il prit son portable et appuya sur le nom de sa femme. Elle décrocha à la première sonnerie.

— Salut, chéri. Qu'y a-t-il ?

— Où es-tu ?

— À l'appartement. Pourquoi ? Qu'est-ce qui ne va pas ?

— Aucun problème. J'ai une surprise pour toi. Je passerai te chercher dans un quart d'heure.

— Mais que se passe-t-il ? Dag, c'est le milieu de la journée. Je croyais que tu avais une réunion cet après-midi.

— Oui, mais je l'ai reportée. C'est plus important.

— Tu m'inquiètes.

— Mais non. Habille-toi et sois prête à partir dans un quart d'heure quand j'arriverai.

Après quelques échanges de banalités, Brenae accepta. Ils se dirent à tout à l'heure et Dag prit la route de leur immeuble en souriant. Ils auraient beaucoup de travail dans les prochains jours, mais il avait fait son possible pour alléger les efforts, engageant une entreprise de déménagement pour les aider à s'installer dans leur nouvelle maison. Il avait pris quelques jours de congé cette semaine afin de préparer la surprise en attendant de pouvoir enfin emmener sa femme à la maison, mais ils devaient tout de même déménager les affaires et, bien sûr, tout déballer là-bas.

Gravissant les deux étages au pas de course, Dag déverrouilla la porte de leur appartement. Sans surprise, Brenae était prête et l'attendait de pied ferme. Refusant de répondre à ses milliers de questions, il s'amusa de la voir aussi perplexe. Il lui tendit un bandeau une fois qu'elle fut assise dans la voiture.

— Vraiment ? demanda-t-elle en arquant un sourcil.

— Vraiment.

Bonne joueuse, Brenae fit un nœud derrière sa tête en marmonnant :

— J'espère que c'est bien.

Dag se pencha et prit doucement son menton dans sa main, faisant pivoter sa tête vers lui. Il l'embrassa jusqu'à en perdre haleine.

— Ça en vaut la peine, chuchota-t-il avant de se pencher pour déposer un dernier baiser sur son front.

Enfin, il démarra la voiture.

Ils se tinrent la main pendant tout le trajet jusqu'à leur nouvelle maison. Si Brenae avait une idée de l'endroit où il l'emmenait, elle n'en laissa rien paraître. Il lui fallut environ trente minutes pour y arriver, mais lorsqu'il s'arrêta dans leur allée, la vue sur l'océan lui coupa le souffle, comme toujours.

La maison qu'ils avaient construite n'était pas gigantesque... Ils n'étaient que deux, après tout. Il y avait deux chambres supplémentaires pour les visites des petits-enfants, ainsi qu'une chambre principale immense et une cuisine tout équipée. Mais c'était la terrasse que Dag voulait montrer à sa femme.

— Attends ici. Je viens te chercher, lui dit-il.

Brenae acquiesça et attendit patiemment, les mains sur ses genoux.

Il ouvrit la portière et se pencha, prenant sa main dans la sienne. Brenae n'hésita pas. Elle lui faisait confiance à cent pour cent, et cette confiance aveugle n'avait jamais manqué d'émouvoir Dag. Il passa un bras autour de sa taille et la serra contre lui tout en la guidant vers l'arrière de la maison. Le jardin n'était pas grand, mais l'immense terrasse compensait largement le manque de verdure. Il l'aida à monter les escaliers de la terrasse, amusé par son petit sourire.

En jetant un coup d'œil au jacuzzi, Dag se jura de profiter de l'intimité que lui offraient la maison et le jardin pour faire l'amour à sa femme, dans l'eau bouillonnante, devant la vue spectaculaire.

Il conduisit Brenae à l'endroit exact qu'il avait prévu et la retourna, la plaçant dos contre son torse. Enfin, il se pencha et chuchota :

— Prête ?

— Prête, répondit-elle immédiatement.

Dag défit délicatement le nœud du bandeau, le laissant tomber sur les lattes de bois à leurs pieds.

Son cri de surprise fut exactement la réaction qu'il espérait.

— Oh, Dag. C'est magnifique !

C'était le cas. Le soleil qui se reflétait sur l'océan Pacifique était de toute beauté. Une légère brise soufflait sur l'eau et le sable en contrebas était immaculé. Il n'y avait personne sur la plage privée, au bout de la terrasse en bois de leur propriété. C'était serein. Calme. Tout à eux.

Brenae se retourna et se jeta au cou de Dag.

— Je sais que nous avons vu ce paysage plus de fois que je ne peux les compter, mais d'une certaine manière, sans le chaos du chantier autour de nous, sur notre terrasse enfin terminée... La vue est encore plus somptueuse que dans mes souvenirs. On peut entrer ?

— Oui, Brenae. Bien sûr. C'est notre maison.

Elle cligna des paupières.

— Mais elle n'est pas encore terminée. Je pensais qu'on était d'accord pour ne pas la revisiter tant qu'elle ne serait pas terminée.

— Elle *est* terminée, dit Dag avec un petit sourire.

— Sérieusement ?

— Sérieusement.

Elle sourit.

— Tu as dû faire appel à ton statut de haut gradé pour te faire obéir, pas vrai, marin ?

Il lui rendit son sourire.

— Après t'avoir vue avec un couteau sous la gorge, je n'aurais reculé devant rien pour que cette maison soit achevée le plus tôt possible.

— Je t'aime, lui dit Brenae.

— Moi aussi, je t'aime. Allez, viens. J'ai autre chose à te montrer.

— Autre chose ? demanda-t-elle avec un sourire, lui posant une main aux fesses avec espièglerie. À l'intérieur ?

Dag éclata de rire, mais elle se contenta de le prendre par la main pour se diriger vers la porte. Il l'accompagna dans la cuisine, la salle à manger et le salon, souriant alors qu'elle s'extasiait sur le travail accompli depuis la dernière fois qu'elle avait vu le gros-œuvre. Sans prêter attention à leurs cartons, il la conduisit dans le couloir jusqu'à leur chambre principale.

La porte était fermée et il s'arrêta juste devant avec un suspense théâtral... avant de l'ouvrir.

Il n'y avait pas de cartons à déballer ici. Il s'était

assuré que leur lit à baldaquin soit bien installé, avec une literie propre. Les rideaux étaient tirés, répandant la lumière de fin d'après-midi sur les meubles. Leur commode était là, pleine de vêtements, tout comme l'étagère avec toutes les romances dédicacées qu'elle avait collectionnées au fil des ans.

La chambre était prête à être occupée. Ils avaient du pain sur la planche, mais au moins ici, dans leur espace, ils pourraient se détendre.

— Oh mon Dieu, Dag ! C'est parfait, souffla-t-elle.

— Je t'aime, Brenae. Comment as-tu pu me supporter pendant toutes ces années, je ne comprendrai jamais. J'aimerais pouvoir t'offrir le monde, mais tu devras te contenter de ce petit morceau de paradis.

Brenae ne répondit pas par des mots. Se dressant sur la pointe des pieds, elle l'embrassa. Longuement, avidement. Dag l'attira en arrière jusqu'à ce que ses genoux touchent le matelas. Il la saisit par la taille et l'attira sur lui en tombant. Elle gloussa et ils s'installèrent, étendus les bras en croix sur le drap. Les cheveux de Brenae tombaient autour de ses épaules et lui chatouillaient le visage.

— Je voulais que notre chambre soit entièrement

finie pour que tu aies un endroit à toi qui ne soit pas plein de cartons et de babioles.

— J'apprécie beaucoup.

Dag se tourna et l'embrassa avec ferveur. Puis il ramena ses bras au-dessus de sa tête et dit avec un sourire :

— Alors, maintenant que nous sommes là, qu'est-ce que tu vas faire de moi ?

Brenae sourit et posa aussitôt les doigts sur les boutons de son uniforme. En les défaisant prestement, elle répondit :

— Je vais tout te donner, soldat.

— Ça me va !

La minute suivante, ils essayaient de se déshabiller mutuellement sans se lâcher. Enfin, une fois qu'ils furent tous les deux nus, Dag saisit Brenae par les hanches et la tira vers le haut, l'asseyant à cheval sur son visage.

— Je pensais... dit-elle en haletant alors qu'il passait sa langue le long de sa vulve... que c'était à moi de tout te donner.

Dag suspendit ses attentions juste assez longtemps pour répondre :

— Tu pourras toujours le faire après.

— Hmm... d'accord, fit Brenae avant d'étouffer un cri lorsque Dag s'attela de nouveau à son plaisir.

Dix minutes plus tard, son visage était ruisselant et elle l'avait presque étouffé en jouissant, mais il ne pouvait pas s'empêcher de sourire.

Quand Brenae eut repris son souffle, elle redescendit le long de son corps, avec l'aide de Dag, et s'installa au-dessus de son sexe rigide comme l'acier.

Sans un mot, elle s'en saisit et approcha son gland de son entrejambe. Dag avait envie de lui soulever ses hanches et de s'enfoncer en elle avec force et détermination, mais il se retint pour ne pas lui faire mal.

Lorsqu'il sentit leurs poils pubiens se mêler, il baissa les yeux avec satisfaction.

— Putain, c'est tellement sexy, murmura-t-il.

Elle commença alors à bouger. Sa verge apparaissait par intermittences, luisante de son excitation.

— Et ça, encore plus, ajouta-t-il, approbateur.

Brenae ondulait de plus belle. Ses cuisses se tendaient avec l'effort de se dresser sur ses genoux, et ses seins rebondissaient à chaque mouvement. Dag ne pouvait pas dissimuler son sourire. Elle était à lui. Toute à lui.

Il aimait la voir prendre son pied. Elle posa une main sur son clitoris et commença à jouer avec, tout en se balançant de haut en bas. L'autre main reposait sur son torse, en soutien. Quand elle ralentit la cadence, Dag posa les deux mains sur ses hanches et l'aida à se soulever pour mieux revenir s'empaler sur sa queue.

Il sentit ses jambes commencer à trembler sous l'effet du second orgasme imminent et il lui en fut silencieusement reconnaissant. Il était sur le point de jouir depuis le moment où elle s'était laissé aller sur son corps.

À la seconde où ses muscles internes se crispèrent autour de son sexe et que l'orgasme la cueillit, il cessa de résister. La ramenant vigoureusement contre son bassin, il serra les doigts sur ses hanches, s'enfouissant profondément en elle. Dag explosa sans quitter sa femme des yeux un seul instant.

Ses mamelons étaient durs et sa poitrine rouge. Ses hanches continuaient à onduler alors qu'elle essayait de faire durer son orgasme le plus longtemps possible. Ses ongles s'enfoncèrent dans la peau de son torse. Il n'avait jamais rien vu de plus beau de toute sa vie. Le soleil de l'après-midi jouait sur leurs corps nu, leur sueur scintillant dans la lumière.

Au bout d'une minute environ, Brenae redescendit des sommets du plaisir et Dag l'enlaça alors qu'elle s'effondrait sur son torse. Son souffle chaud lui effleurait le cou et il en eut la chair de poule sur les bras. Il sentit son sexe ramollir progressivement, et au bout d'un moment, il se retira. Leurs fluides mêlés s'écoulèrent le long de sa verge jusque sur ses bourses, humidifiant le drap en dessous.

Il se mit alors à rire.

— Qu'y a-t-il de drôle ? murmura-t-elle.

— On est dans un sale état.

— Oui, ce n'est pas surprenant.

— On devrait se nettoyer.

À ce moment, Brenae leva la tête.

— Sérieusement ? Tu veux bouger ? Maintenant ?

— Nous avons un jacuzzi prêt, qui nous attend, dit Dag en remuant les sourcils de façon suggestive.

Brenae éclata de rire. Puis elle retrouva son sérieux et posa son front sur le sien.

— Merci.

— Pourquoi ?

— Pour tout. Cette maison. Nos enfants. Notre vie. Ça n'a pas toujours été facile, mais pas une seule fois je n'ai douté de ton amour pour moi.

— Tant mieux, répondit Dag. Parce que quand les choses se gâtent, tu es la chose la plus importante dans ma vie. Je remuerais ciel et terre pour voir ton sourire. Pour t'entendre rire. Si tu me demandais de te construire une centaine de maisons, je le ferais, rien que pour te rendre heureuse.

Brenae sourit.

— Je pense que celle-ci est parfaite. Je n'ai pas besoin d'une centaine.

Dag leva les mains pour écarter les cheveux de son visage. Puis il l'embrassa, un doux baiser, bouche fermée, avant de dire :

— Tu as fait de moi un homme meilleur. Chaque jour, je me demande ce que tu penses de mes actes et cette pensée m'affermit.

Les yeux de Brenae s'embuèrent de larmes, mais elle garda le silence.

— Je t'aime, chérie. Tu ne sauras jamais à quel point.

— Si, je le sais, parce que je t'aime exactement de la même façon.

Il lui sourit.

— Alors… tu veux essayer le jacuzzi ?

— Oui ! s'écria-t-elle en riant aux éclats.

En un clin d'œil, Dag s'était dégagé et l'avait soulevée dans ses bras. Elle poussa un petit cri en lui jetant les bras autour du cou.

— J'aurais dû te porter pour franchir le seuil, mais comme je pense que nous allons passer pas mal de temps nus dans notre jacuzzi, autant t'y porter pour la première fois, ça revient au même.

— Avec joie.

Plus tard cette nuit-là, alors que Brenae dormait dans ses bras, Dag repensa à leur vie commune. Il n'avait jamais été aussi sérieux que tout à l'heure, quand il lui avait dit qu'il ne savait pas ce qu'il avait fait pour la mériter. Elle était la plus belle chose qui lui soit jamais arrivée et il s'était juré de faire son possible pour la rendre heureuse pendant le restant de ses jours.

Il s'endormit avec un sourire aux lèvres, certain que Brenae était en sécurité dans ses bras.

Ne ratez pas le prochain tome de la série Forces Très Spéciales : L'Héritage : *Un Sanctuaire pour Sidney*

Un Défenseur pour Raven

Ace Sécurité

Au Secours de Grace

Au Secours d'Alexis

Au Secours de Bailey

Au secours de Felicity

Au secours de Sarah

Forces Très Spéciales Series

Un Protecteur Pour Caroline

Un Protecteur Pour Alabama

Un Protecteur Pour Fiona

Un Mari Pour Caroline

Un Protecteur Pour Summer

Un Protecteur Pour Cheyenne

Un Protecteur Pour Jessyka

Un Protecteur Pour Julie

Un Protecteur Pour Melody

Un Protecteur pour l'avenir

Un Protecteur Pour Les Enfants de Alabama

Un Protecteur Pour Kiera

Un Protecteur Pour Dakota

Hawaï : Soldats d'élite

Un paradis pour Élodie (Apr 2021)

Un paradis pour Lexie (Aug 2021)

Un paradis pour Kenna (Oct 2021)

Un paradis pour Monica

Un paradis pour Carly

Un paradis pour Ashlyn

Un paradis pour Jodelle

Delta Force Heroes Series

Un héros pour Rayne

Un héros pour Emily

Un héros pour Harley

Un mari pour Emily

Un héros pour Kassie

Un héros pour Bryn

Un héros pour Casey

Un héros pour Wendy

Un héros pour Mary

Un héros pour Macie

Un héros pour Sadie

* * *

<u>**En Anglai**</u>

<u>**Delta Force Heroes Series**</u>

Rescuing Rayne

Rescuing Emily

Rescuing Harley

Marrying Emily (novella)

Rescuing Kassie

Rescuing Bryn

Rescuing Casey

Rescuing Sadie (novella)

Rescuing Wendy

Rescuing Mary

Rescuing Macie (novella)

<u>**Delta Team Two Series**</u>

Shielding Gillian

Shielding Kinley

Shielding Aspen

Shielding Jayme

Shielding Riley

Shielding Devyn (May 2021)

Shielding Ember (Sep 2021)

Shielding Sierra (Jan 2022)

SEAL of Protection: Legacy Series

Securing Caite

Securing Brenae (novella)

Securing Sidney

Securing Piper

Securing Zoey

Securing Avery

Securing Kalee

Securing Jane (Feb 2021)

SEAL Team Hawaii Series

Finding Elodie (Apr 2021)

Finding Lexie (Aug 2021)

Finding Kenna (Oct 2021)

Finding Monica (TBA)

Finding Carly (TBA)

Finding Ashlyn (TBA)

Finding Jodelle (TBA)

Ace Security Series

Claiming Grace

Claiming Alexis

Claiming Bailey

Claiming Felicity

Claiming Sarah

Mountain Mercenaries Series

Defending Allye

Defending Chloe

Defending Morgan

Defending Harlow

Defending Everly

Defending Zara

Defending Raven

Silverstone Series

Trusting Skylar

Trusting Taylor (Mar 2021)

Trusting Molly (July 2021)

Trusting Cassidy (Dec 2021)

SEAL of Protection Series

Protecting Caroline

Protecting Alabama

Protecting Fiona

Marrying Caroline (novella)

Protecting Summer

Protecting Cheyenne

Protecting Jessyka

Protecting Julie (novella)

Protecting Melody

Protecting the Future

Protecting Kiera (novella)

Protecting Alabama's Kids (novella)

Protecting Dakota

Badge of Honor: Texas Heroes Series

Justice for Mackenzie

Justice for Mickie

Justice for Corrie

Justice for Laine (novella)

Shelter for Elizabeth

Justice for Boone

Shelter for Adeline

Shelter for Sophie

Justice for Erin

Justice for Milena

Shelter for Blythe

Justice for Hope

Shelter for Quinn

Shelter for Koren

Shelter for Penelope

À PROPOS DE L'AUTEUR

Susan Stoker est une auteure de best-sellers aux classements du New York Times, de USA Today et du Wall Street Journal. Elle a notamment écrit les séries Badge of Honor: Texas Heroes, SEAL of Protection et Delta Force Heroes. Mariée à un sous-officier de l'armée américaine à la retraite, Susan a vécu dans tous les États-Unis, du Missouri jusqu'en Californie en passant par le Colorado, et elle habite actuellement sous le vaste ciel du Tennessee. Fervente adepte des fins heureuses, Susan aime écrire des romans où les sentiments laissent place au grand amour.

http://www.StokerAces.com

facebook.com/authorsusanstoker

twitter.com/Susan_Stoker

instagram.com/authorsusanstoker

goodreads.com/SusanStoker

www.ingramcontent.com/pod-product-compliance
Lightning Source LLC
Chambersburg PA
CBHW060556100726
47907CB00005B/1391